보이지 않는 도시들

Le città invisibili

LE CITTÀ INVISIBILI
by Italo Calvino

Korean translation edition is published by arrangement with
The Estate of Italo Calvino c/o The Wylie Agency (UK) Ltd.

세계문학전집 138

보이지 않는 도시들

Le città invisibili

이탈로 칼비노
이현경 옮김

민음사

일러두기

1 본문의 각주는 모두 옮긴이 주이다.

2 원문에 이탤릭체 등으로 강조된 부분은 고딕체로 구분했다.

차례

1부

마르코 폴로가 자신이 사신으로 방문했던 도시들을 쿠빌라이 칸에게 묘사했을 때 칸이 그의 말을 모두 믿은 것은 아니었지만 이 타타르족의 황제는 다른 어떤 사신이나 탐험가의 이야기보다도 이 베네치아 젊은이의 이야기에 더 큰 호기심과 관심을 보이며 계속 귀를 기울였다.

황제들의 삶에는, 우리가 정복했던 끝도 없이 광대한 영토에 자부심을 갖다가도 우리가 곧 그 영토들을 알고 이해하기를 포기한다는 사실을 알게 되어 우울해하다가 다시 안도하는 순간이 있다. 비가 그친 뒤의 코끼리 냄새와 화로에서 차갑게 식어버린 백단향 재의 냄새와 함께 저녁이 불쑥 우리를 찾아왔을 때와 같은 공허감을 느낄 때가 있다. 현기증이 나는 순간도 있는데, 그런 순간이면 평면 지도 위에 황갈색 곡선으로 그려진 강과 산 들이 이리저리 흔들리고, 패전에

패전을 거듭하며 마지막까지 저항했던 적들이 무너졌다는 소식을 우리에게 전하는 두루마리들이 차례로 둘둘 말리고, 매년 귀금속과 무두질한 가죽과 거북이 껍질을 공물로 바칠 테니 진군하는 우리 군대의 보호를 간청하는, 이름 한번 들어보지 못한 왕들이 보낸 봉인된 서신의 밀랍이 떨어져 나가기도 한다. 그것은 모든 경이로움의 집합체처럼 보였던 이 제국이 목적도 형태도 없이 쇠락하고 이미 부패할 대로 부패해 우리 황제의 권력으로 해결할 방법이 없음을, 적의 제왕들에게 거둔 승리가 오히려 우리에게 길고 긴 폐허를 유산으로 남겼다는 게 밝혀지는 절망적인 순간이다. 쿠빌라이 칸은 마르코 폴로의 보고를 들을 때에만, 붕괴될 운명인 성벽과 탑들 사이로, 흰개미도 갉아먹을 수 없을 정도로 섬세하게 세공된 장식무늬들을 선명하게 볼 수 있었다.

도시와 기억 1

그곳에서 출발해 사흘 동안 동쪽으로 간 여행자는 육십 개의 은빛 돔, 온갖 청동 신상들, 주석으로 포장한 거리, 수정의 극장, 매일 아침 금빛 닭이 탑 위에서 노래하는 도시 디오미라에 도착합니다. 여행자는 다른 도시에서도 이와 같이 아름다운 풍경들을 모두 보았기 때문에 이미 이런 장면이 익숙합니다. 하지만 이 도시에는 특별한 점이 있습니다. 해가 점점 짧아지고 튀김가게 문에 달린 색색깔의 등들이 동시에 켜지고 테라스에서 어느 여인이 "아!" 하고 외치는 소리가 들려오는 9월의 어느 날 저녁 이곳에 도착한 사람은, 벌써 이와 똑같은 저녁을 경험했고 그때 행복했다고 생각하는 사람들을 부러워한다는 점입니다.

도시와 기억 2

오랫동안 말을 타고 황무지를 달린 사람은 도시를 갈망합니다. 그는 마침내 건물마다 나선무늬의 조개껍질로 장식된 나선형 계단이 있고, 완벽한 망원경과 바이올린이 제작되고, 이방인이 두 여인 사이에서 망설이고 있을 때면 영락없이 세 번째 여인을 만나게 되고, 닭싸움이 늘 투기꾼들의 유혈 낭자한 싸움으로 변질되고 마는 도시, 이시도라에 도착합니다. 도시를 갈망했을 때 그는 이 모든 것들을 떠올렸습니다. 그러니까 이시도라는 그가 꿈꾸던 도시 중 하나입니다. 다른 건 하나뿐입니다. 그가 꿈꾸던 도시에서 그는 젊은이였습니다. 그러나 그는 노인이 되어 이시도라에 도착합니다. 광장에서는 노인들이 빙 둘러앉아 지나가는 젊은이들을 구경합니다. 그도 노인들 옆에 나란히 앉습니다. 갈망은 이미 추억이 되었습니다.

도시와 욕망 1

도로테아라는 도시를 묘사하는 방법은 두 가지입니다. 하나는 이렇게 설명하는 것입니다. 이 도시의 성벽에는 네 개의 알루미늄 첨탑이 높이 서 있고 그 성벽에는 일곱 개의 성문이 있으며 성문마다 스프링조작기로 작동하는 도개교가 달려 있습니다. 도개교 밑으로 흐르는 해자의 물은 네 개의 초록 운하로 흘러 들어가는데, 그 운하는 도시를 가로지르며 도시를 아홉 구역으로 나눕니다. 아홉 개의 구역에는 각각 삼백여 채의 집과 칠백여 개의 굴뚝이 있습니다. 그리고 중요한 사실은, 각 구역의 결혼 적령기 처녀들이 다른 구역의 청년들과 결혼하고 그 가족들은 베르가모 향수나 철갑상어 알, 아스트롤라베,[1] 자수정같이 각자 독점하고 있는 상품들을 교환한다는 점입니다. 따라서 이런 자료들을 토대로 계산만 하면 과거,

현재, 미래의 도시에 대해 알고자 하는 것은 무엇이든 다 알게 됩니다. 또 다른 방법은 그곳으로 저를 안내한 낙타몰이꾼처럼 말하는 겁니다. "제가 아직 젊었을 때, 어느 날 아침 그곳에 도착했었지요. 수많은 사람이 시장으로 향하는 길을 바쁘게 걸어 다니고, 가지런한 치아를 가진 여인들은 사람들의 눈을 똑바로 쳐다보았어요. 가설무대 위에서는 세 명의 병사가 클라리넷을 연주하고, 바퀴들이 사방으로 돌아다니고, 다양한 색깔의 글씨가 적힌 플래카드들이 휘날렸습니다. 그때까지 제가 아는 것이라고는 사막과 대상로밖에 없었어요. 그날 아침 도로테아에서 저는 인생에서 제가 기대할 행복이 있다고 생각했습니다. 그 뒤 저는 다시 광대한 사막과 대상로를 바라보아야만 했지요. 하지만 지금은 이 길이 그날 아침 도로테아에서 제 앞에 열려 있던 수많은 길 중 하나일 뿐이라는 사실을 압니다."

1) 천체의 높이나 각을 재는 기구.

도시와 기억 3

관대하신 쿠빌라이시여, 부질없겠지만 높은 보루의 도시 자이라에 대해 묘사해 보겠습니다. 이 도시에 계단식으로 만들어진 길의 계단 수가 몇 개인지, 아치형 회랑의 곡선은 어느 정도인지, 지붕은 어떤 아연판으로 덮였는지 폐하께 말씀드릴 수 있습니다. 그러나 그런 말씀을 드려도 아무 말씀도 드리지 않은 것이나 다름없다는 사실을 저는 이미 알고 있습니다. 자이라는 그런 것들이 아니라 여러 도시 공간과 과거 사건들과의 관계로 이루어지기 때문입니다. 도시는 가로등의 높이와 그 가로등에 교수형을 당한 찬탈자의 흔들리는 다리 사이의 관계, 그 가로등에서 앞쪽 난간에 팽팽하게 묶인 줄과 여왕의 결혼식 행렬이 지나가는 길을 장식했던 꽃 줄 사이의 관계, 그 난간의 높이와 간통을 저지르고 새벽녘 난간을 훌쩍 뛰어넘는 남자 사이의 관계, 창문 홈통의 기울기와 바로 그 창문으로 들어오는 고양이의 당당한 걸음걸이 사이의 관계, 곶 뒤에서 갑자기 나타난 포함(砲艦)의 사정거리와 홈통을 파괴해 버리는 폭탄 사이의 관계, 찢어진 어망과 부두에 앉아 그 찢어진 어망을 손질하며 여왕의 사생아로 태어나 강보에 싸인 채 이 부두에 버려졌다는 소문이 떠도는 찬탈자의 포함 이야기를 끝없이 되풀이하는 세 노인 사이의 관계로 이뤄집니다.

도시는 기억으로 넘쳐흐르는 이러한 파도에 스펀지처럼 흠뻑 젖었다가 팽창합니다. 자이라의 현재를 묘사할 때는 과거를 모두 포함해야 합니다. 그러나 도시는 자신의 과거를 말하지 않습니다. 도시의 과거는 마치 손금처럼 거리 모퉁이에, 창살에, 계단 난간에, 피뢰침 안테나에, 깃대에 쓰여 있으며, 각각의 부분은 그 자체로 긁히고, 모가 나고, 잘리고, 부딪힌 흔적이 담겨 있습니다.

도시와 욕망 2

남쪽으로 걸어간 여행자는 사흘째 되는 날 해 질 무렵, 같은 중심에서 뻗어나간 운하들로 촉촉이 젖어 있고 연이 날아다니는 도시 아나스타시아를 만납니다. 저는 이제 이 도시에서 구입하면 이득인 상품들을 열거해 보겠습니다. 마노, 줄마노, 녹옥수, 다양한 종류의 옥수 같은 것들입니다. 잘 마른 벚나무 장작불에서 구워 오레가노를 듬뿍 뿌린 황금빛 꿩고기의 맛을 칭찬하고 싶습니다. 제가 정원의 수영장에서 본 여인들에 대해 말하고 싶습니다. 떠도는 소문에 따르면 때때로 그 여인들은 지나가는 여행객에게 옷을 벗고 물속에 들어와 자기들을 잡아보라고 유혹한답니다. 하지만 이러한 것들을 말하다 보면, 이 도시의 진정한 본질을 말할 수 없습니다. 아나스타시아에 대한 묘사는 폐하께서 억눌러야만 하는 욕망들을 하나씩 차례로 일깨울 뿐입니다. 그래서 어느 날 아침 누군가 아나스타시아에서 눈을 뜬다면 그 사람의 모든 욕망이 동시에 깨어나서 그를 에워싸 버릴 겁니다. 폐하께 도시는 모든 욕망이 고스란히 담겨 있는 완전체이며 폐하는 그 일부분을 차지하고 있는 듯 보일 것입니다. 그리고 도시가 폐하께서 즐기시지 못한 것을 즐기기 때문에 폐하께서는 욕망 속에 살며 그것에 만족하시는 수밖에 없습니다. 때로는 사악하고 때로는 선량하다고 하는 그런 힘을 매혹적인 도시 아나스타시아는 가지고 있습니다. 마노, 줄마노, 녹옥수를 세공하는 사람처럼 폐하께서 매일 하루에 여덟 시간씩 일한다면 그 노동은 욕망에 형태를 부여하고, 욕망을 통해 그 자체의 형태를 갖게 될 것입니다. 폐하는 아나스타시아를 완전히 즐기고 있다고 생각하시겠지만, 사실 폐하는 그 도시의 노예에 불과할 따름입니다.

도시와 기호들 1

여행자는 나무와 돌들뿐인 길을 따라 며칠을 걷습니다. 길을 가면서 어떤 사물에 시선을 두는 일은 매우 드뭅니다. 시선을 두는 경우는 그 사물을 다른 사물의 기호로 인식했을 때뿐입니다. 모래 위의 흔적은 사자가 지나갔음을 알려주고 습지는 수맥을 알려주고 히비스커스 꽃은 겨울이 끝났음을 알립니다. 나머지는 아무 소리도 내지 않고 서로 자리를 바꾸어도 무방합니다. 나무와 돌들만이 본래의 모습대로 있을 뿐입니다.

마침내 여행은 타마라로 이어집니다. 여행자는 벽에 걸린 간판들이 여기저기 불쑥 튀어나온 좁은 거리로 들어갑니다. 눈에 보이는 것은 사물이 아니라, 다른 사물을 의미하는 사물의 형상들입니다. 펜치는 이[齒] 뽑는 사람의 집을 가리키고,

큰 잔은 술집을, 미늘창은 수비대의 막사를, 저울은 채소 가게를 가리킵니다. 조각상과 방패들은 사자, 돌고래, 탑, 별들을 표현합니다. 이것은 사자나 돌고래, 탑 혹은 별의 기호인 무엇인가가—그게 무엇인지는 누가 알겠습니까—있다는 표시입니다. 다른 표식들은 특정 장소에서 금지된 일, 그러니까 수레를 끌고 골목에 들어가는 일, 키오스크 뒤에서 소변을 보는 일, 다리에서 장대로 낚시하는 일과, 얼룩말들에게 물 먹이기, 공놀이, 친지의 유해 화장같이 허용된 일 등을 미리 알려줍니다. 신전의 문에서 풍요의 뿔, 모래시계, 메두사같이 각각의 특징으로 표현된 신상들이 보입니다. 그래서 신자는 그 특징으로 신들을 알아보고 그에 맞는 적절한 기도를 올릴 수 있습니다. 만약 어떤 건물에 간판이나 형상이 없다면 그건 도시 질서 내에서 그 건물이 차지하고 있는 위치와 형태만으로도 충분히 그 기능을, 즉 왕궁, 감옥, 조폐국, 피타고라스 학교, 사창가 등을 나타낼 수 있기 때문입니다. 상인들이 판매대 위에 진열해 놓은 상품들도 그 자체로서가 아니라 다른 것들에 대한 기호로서 가치를 가집니다. 수놓은 머리띠는 우아함을, 금도금한 가마는 권력을, 이븐 루시드[2]의 책들은 학식을, 발찌는 관능을 뜻합니다. 폐하의 시선이 글이 적힌 페이지 같은 거리를 훑고 지나갑니다. 도시는 폐하께서 생각해야 할 모든 것을 말하고, 자신의 말을 되풀이하게 만듭니다. 폐하께서는 타마

2) 아불 왈리드 무함마드 이븐 아흐마드 이븐 루시드(Abūl-Walīd Muḥammad Ibn 'Aḥmad Ibn Rušd, 1126~1198). 에스파냐 태생의 아라비아 철학자로, 아리스토텔레스의 주석가로 알려졌다.

라를 방문하고 있다고 생각하지만, 사실은 그저 도시가 자기 자신과 그 안의 모든 부분을 정의하는 이름을 기록하고 계실 뿐입니다.

도시가 실제로 이와 같이 조밀한 기호의 껍질 속에 있기 때문에 여행자는 타마라에서 나올 때도 도시가 무엇을 가지고 있는지 혹은 숨기고 있는지를 전혀 알지 못합니다. 도시 밖에는 텅 빈 땅이 지평선까지 길게 뻗어 있고 그 위에 펼쳐진 하늘에는 구름이 떠다닙니다. 우연과 바람이 만들어낸 구름의 모습 속에서 여행자는 어느새 범선, 손, 코끼리의 형상들을 구별하는 데 열중해 있습니다.

도시와 기억 4

여섯 개의 강과 세 개의 산맥 너머에, 한번 방문해 본 사람은 결코 잊지 못하는 도시 조라가 있습니다. 그러나 잊히지 않는 다른 도시들처럼 기억 속에 평범하지 않은 이미지가 남아 있기 때문에 이 도시를 잊지 못하는 것은 아닙니다. 조라는 계속 이어지는 길들, 그 길을 따라 서 있는 집과 대문과 창문들을 하나하나 기억에 남기는 특징이 있습니다. 그것들이 특별히 아름답거나 특이한 것도 아닌데 말입니다. 조라의 비밀은, 그 어떤 음도 바꾸거나 옮길 수 없는 악보에서처럼 연달아 이어지는 형상들을 바라보는 방식에 있습니다. 그 도시가 어떻게 만들어졌는지를 기억하는 여행자는 잠 못 이루는 밤이면 조라의 거리를 걷는 상상을 하며 구리 시계, 이발소의 줄무늬 차양, 아홉 개의 구멍에서 물이 뿜어져 나오는 분수, 천

문학자의 유리 탑, 수박 장수의 좌판, 은자(隱者)와 사자의 상, 튀르키예식 목욕탕, 모퉁이 카페, 항구로 향하는 골목이 차례대로 이어지는 모습을 떠올립니다. 머릿속에서 지워지지 않는 이 도시는 갑옷이나 벌집 같아서 우리는 모두 그것을 이루고 있는 각각의 칸 안에 우리가 기억하고자 하는 것들을 배열할 수 있습니다. 그러니까 유명한 사람들의 이름, 미덕, 숫자, 식물과 광물의 분류, 전투 날짜, 별자리, 말의 일부분 같은 것이지요. 모든 관념과 여정의 매 지점 사이에서 유사 또는 대비의 관계가 설정되어 기억을 순간적으로 불러내는 데 이용할 수 있을 겁니다. 그렇기 때문에 조라를 기억할 수 있는 사람은 세상에서 가장 지혜로운 사람입니다. 저는 이 도시를 방문하러 여행을 떠났지만 부질없는 짓이었습니다. 좀 더 잘 기억되기 위해 꼼짝 않고 똑같은 모습으로 있어야만 했던 조라가 힘을 잃고 서서히 붕괴되어 사라져 버렸기 때문입니다. 세상은 조라를 잊었습니다.

도시와 욕망 3

데스피나에 다다르는 방법은 두 가지입니다. 배를 타거나 혹은 낙타를 타고 가는 겁니다. 도시는 육지로 오는 사람과 바다로 오는 사람에게 각기 다른 모습을 드러냅니다.

고원의 지평선에 나타난 하늘을 찌를 듯 솟은 마천루의 뾰족탑과 레이더 안테나, 빙글빙글 도는 흰색과 빨간색 풍향계, 연기를 내뿜는 굴뚝을 본 낙타몰이꾼은 배를 생각합니다. 그게 도시라는 점을 잘 알지만 그는 그것이 자신을 사막에서 항구로 데려다줄 배, 아직 다 펼쳐지지도 않았는데 벌써 바람에 돛이 부풀어 오른, 이제 막 출항하려는 범선, 혹은 강철 용골 내부에서 증기기관이 진동하는 증기선이라고 생각합니다. 그리고 여러 항구들, 기중기가 부두에 내려놓는 외국 상품들, 서로의 머리 위로 술병을 깨뜨리는 다양한 국적의 선원들로 북적대는 선술집들, 불이 환히 켜진 일층 창문들, 그 창문 안에 한 명씩 앉아 머리를 빗고 있는 여인들을 생각합니다.

선원은 안개 낀 해안에 나타난 낙타 등 모양을 알아차립니다. 앞으로 걸어갈 때마다 두 개의 얼룩 낙타 봉 사이에서 흔들리는 반짝이는 수술로 장식된 안장 모양을 보지만 그게 도시라는 점을 잘 알고 있습니다. 그래도 그는 도시가 포도주를 담은 가죽 부대와 설탕에 절인 과일 바구니, 대추야자 술, 담뱃잎들을 길마에 매단 낙타 같다고 생각합니다. 그래서 선원의 머릿속에 어느새 카라반이 나타납니다. 그 긴 행렬은 망망대해 같은 사막에서 톱니 같은 이파리가 무성한 야자수 그늘 아래의 오아시스로, 두꺼운 벽에 하얀 칠을 한 왕궁으로, 베일에 가려지기도 하고 맨살로 드러나기도 하는 팔을 움직이며 무희들이 맨발로 춤을 추는 타일 깔린 왕궁 안뜰로 그를 데려갑니다.

모든 도시는 각각의 도시가 마주 보고 있는 사막으로부터 자신의 형태를 부여받습니다. 그래서 낙타몰이꾼과 선원은 두 사막 사이의 경계 도시 데스피나를 보게 됩니다.

도시와 기호들 2

여행자들은 아주 독특한 기억들을 떠올리며 지르마시에서 돌아옵니다. 눈먼 흑인 한 사람이 군중 속에서 소리 지르고 미치광이 하나가 마천루 코니스[3] 위에서 몸을 불쑥 내밀며 어떤 젊은 아가씨는 가죽끈에 묶인 퓨마와 산책하는 광경을 떠올립니다. 사실 지르마시의 보도블록을 지팡이로 두드리며 걷는 대다수의 시각장애인은 흑인입니다. 마천루마다 이성을 잃은 누군가가 있고, 모든 미치광이는 코니스 위에서 시간을 보내며, 퓨마는 하나같이 아가씨의 변덕에 따라 사육되고 있습니다. 도시는 필요 이상의 것들로 넘칩니다. 무엇인가를 머릿속에 각인하기 위해 도시는 스스로를 반복하고 있습니다.

---

3) 서양식 건축 벽면에 수평의 띠 모양으로 돌출한 부분.

저도 지르마에서 돌아오는 중입니다. 창문 높이에서 사방으로 날아다니는 비행선들, 선원들의 몸에 문신을 새겨주는 가게들이 늘어선 거리, 무더위 때문에 숨도 제대로 못 쉬는 뚱뚱한 여자들로 만원인 지하철이 떠오릅니다. 하지만 저와 함께 여행한 이들은 맹세코 도시 첨탑 사이를 날던 비행선은 한 대밖에 보지 못했으며, 바늘과 잉크와 문신 도안을 의자 위에 늘어놓은 문신 새기는 사람도 딱 한 명, 지하철 승강장에서 부채질을 하던 뚱뚱한 여자도 역시 단 한 명밖에 보지 못했다고 말합니다. 기억은 필요 이상의 것들로 넘칩니다. 기억은 도시를 존재할 수 있도록 기호들을 반복합니다.

섬세한 도시들 1

사람들은 수천 개의 샘으로 이루어진 도시 이사우라가 깊은 지하 호수 위에 서 있다고 생각합니다. 땅에 수직으로 긴 구멍을 내기만 하면 주민들은 어디서든 물을 끌어 올릴 수 있는데, 도시가 자리 잡은 곳에서만 그럴 뿐 도시의 경계 너머에서는 불가능합니다. 도시의 초록 경계는 땅속에 묻혀 있는 호수의 검은 테두리를 반사합니다. 보이지 않는 풍경이 보이는 풍경을 결정짓고 햇빛 아래 움직이는 모든 것이 석회암 하늘 아래에 갇혀 이리저리 흔들리는 물결에 좌우됩니다.

그 결과 이사우라에는 두 종류의 종교가 있습니다. 어떤 사람들 말에 따르면 도시의 신은 땅속 깊은 곳에, 지하 수맥이 흘러나가는 검은 호수 속에 살고 있다고 합니다. 또 어떤 사람들은 굵은 밧줄에 매달린 채 위로 올라와 우물 가장자리에 모습을 드러낸 두레박에, 돌아가는 도르래에, 물방아의 권양기에, 펌프의 지렛대에, 뚫어놓은 구멍으로부터 물을 끌어 올리는 풍차의 날개에, 꼬인 탐침(探針)을 받쳐주는 가대(架臺)에, 지붕 위 네모진 기둥들에 얹힌 저수조에, 가느다란 아치형 수도관에, 모든 물기둥에, 수직의 파이프에, 피스톤에, 하수관에 그리고 모든 게 위를 향해 움직이는 도시 이사우라에서 공중으로 솟은 임시가설물보다 더 높이 서 있는 풍향계 위에까지 신들이 존재한다고 말합니다.

먼 고장의 시찰을 위해 파견되었던 칸 대제의 사신과 세금 징수관들이 카이핑부[開平府]의 궁전으로, 목련 정원으로 제때에 돌아왔다. 쿠빌라이는 정원의 목련 나무 그늘 아래로 거닐며 그들의 기나긴 보고를 듣곤 했다. 사신들은 페르시아인, 아르메니아인, 시리아인, 콥트인, 투르크멘인들이었다. 황제는 그의 모든 신하에게 이방인이었다. 그리고 오로지 이방인들의 눈과 귀를 통해서만 제국은 쿠빌라이 앞에 그 존재를 드러냈다. 사신들은 그들 역시 이해할 수 없는 언어로 들은 소식을 칸에게 보고했는데, 칸도 그 사신들의 언어를 이해할 수 없었다. 뜻을 알 수 없는 불투명한 소리들에서 황제 재정국의 총수입액, 해직당하고 참수당한 관리들의 이름과 성, 가뭄이 들 때면 메말라가는 강물을 흘러들게 하는 수로의 너비들이 형태를 드러냈다. 하지만 베네치아의 젊은이가 보고할 때는 그와 황제 사이에 전혀 다른 의사소통이 이루어졌다. 동방에 도착한 지 얼마 되지 않아 이곳의 언어를 전혀 몰랐던 마르코 폴로는 몸짓과 높이 뛰어오르기, 감탄이나 공포의 외침, 포효하는 동물 울음이나 새소리로, 혹은 여행 가방에서 타조 깃털, 바람총,[4] 석영 같은 물건들을 꺼내 자기 앞에 체스 말처럼 늘어놓지 않으면 하고 싶은 말을 표현할 수 없었다. 쿠빌라이에게 부여받은 임무를 마치고 돌아온 이 재기 넘치는 이방인은 즉석 무언극을 보여주었고 황제는 그것을 해석해야만 했다. 가마우지의 부리에서 달아나다가 그물로 떨어지고 만 물고기의 퍼덕거림으로 묘사된 도시가 있는가 하면 어떤 도시는 불 속을 알몸으로 통과했는데도 화상 하나 입지 않은 남자로, 세 번째 도시는 곰팡이가 슬어 녹색이 된 이빨에 순백의 둥근 진주를 물고 있는 해골로 묘사되었다. 칸 대제는 그 기호들을 해석했지만 이런 기호들과 폴로가 방문한 도시들 사이의 관계는 분명하지가 않았다. 그는 마르코가 자신의 여행 중에 경험한 모험, 도시를 건설한 사람의 위업, 점성술사의 예언, 어떤 이름을 가리키기 위한 수수께끼나 몸짓으로 말을 알아맞히는 놀이를 표현하고 싶어 한다는 사실을 전혀 알지 못했다. 그러나 분명하든 모호하든 마르코가 보여주는 모든 것은 상징의 힘을 가지고 있어서 한번 보면 결코 잊어버릴 수도, 다른 것과 혼동할 수도 없었다. 칸의 머릿속에서 제국은 모래알들처럼 흩어지기 쉽고 서로 교환 가능한 정보들의 사막으로 나타났다. 그 사막에서 베네치아인의 수수께끼가 불러낸 형상들은 모든 도시와 지방들로 모습을 드러냈다.

4) 대통이나 나무통 속에 화살 같은 것을 넣고 입으로 불어서 쏘는 총.

계절이 여러 번 바뀌고 사신의 임무를 연이어 수행하면서 마르코는 타타르족의 언어와 여러 나라의 수많은 관용어와 각 부족의 방언들을 익혔다. 이제 그의 이야기는 칸 대제가 원하는 대로 더욱 정확해지고 상세해져서 칸 대제가 어떤 질문을 하든 혹은 어떤 호기심을 보이든 다 대답할 수 있었다. 하지만 어떤 장소에 대한 새로운 소식을 들을 때마다 황제는 예전에 마르코가 그곳을 묘사할 때 보여주었던 몸짓과 물건 들을 떠올리곤 했다. 새로운 사실은 그런 몸짓과 물건의 상징으로부터 의미를 부여받는 동시에 그 상징에 새로운 의미를 보태기도 했다. 어쩌면 제국은 머릿속의 환영들로 이루어진 황도 십이궁에 불과할지도 모른다고 쿠빌라이는 생각했다.

그가 마르코에게 물었다.

"내가 상징을 모두 알게 되는 날, 마침내 내가 내 제국을 소유할 수 있지 않겠는가?"

그러자 베네치아인이 대답했다.

"폐하, 그렇게 생각하지 마십시오. 그렇게 되는 날에는 폐하께서 상징들 속의 상징이 되실 겁니다."

2부

“다른 사신들은 내게 기근이나 착취, 역모 같은 미리 주의할 사항을 보고하거나 새로 발견된 터키석 광산, 좋은 값으로 거래할 수 있는 담비 가죽, 보급하는 게 좋을 다마스쿠스 검 등에 대해 알린다네. 그런데 자네는?” 칸 대제가 폴로에게 물었다. “다른 사신들과 똑같이 먼 고장을 다녀왔는데도 나에게 하는 말이라고는 저녁에 집 앞에 앉아 시원한 바람을 쐬는 사람에게 찾아드는 생각 같은 게 전부일세. 그렇다면 자네의 여행이 무슨 필요가 있는 건가?”

“지금은 저녁입니다. 우리는 폐하의 궁전 계단에 앉아 있고, 산들바람이 불어옵니다.” 마르코 폴로가 대답했다. “제 말들은 모든 지방을 폐하의 주위로 되살려 냅니다. 폐하께서는 멀리 내다보기 좋은 위치에서 그곳들을 바라보실 겁니다. 비록 궁전 대신에 수상 가옥촌이 있고 진흙 쌓인 강 하구의 악취가 산들바람에 실려 오기는 하지만 말입니다."

"나는 생각에 잠겨 명상하는 사람의 시선으로 바라보네. 그 점은 인정하지. 그러면 자네의 시선은? 자네는 군도(群島)와 툰드라지대와 산맥을 가로지르며 여행을 하네. 그런데도 자네는 여기서 한 발짝도 움직이지 않은 사람 같군그래."

베네치아인은 쿠빌라이가 생각의 끈을 더 잘 따라가기 위해 자신에게 화를 낸다는 것을 알았다. 그리고 칸 대제의 머릿속에서 이미 진행 중인 추론 속에 자신의 대답과 반박이 자리 잡고 있다는 사실도 알았다. 다시 말해 폴로와 쿠빌라이 사이에서는 큰 소리로 묻고 마찬가지로 크게 대답하거나, 두 사람 모두 소리 없이 그것들을 계속 생각하거나 별 차이가 없었다. 실제로 두 사람은 해먹의 쿠션에 몸을 기대고 흔들림에 몸을 맡긴 채 조용히 눈을 지그시 감고 긴 호박(琥珀) 담뱃대로 담배를 피우고 있었다.

마르코 폴로는 머나먼 도시의 낯선 지역에서 길을 잃으면 잃을수록 거기에 도착하기 위해 지나왔던 다른 도시들을 더 잘 이해하게 된다고 대답하는 상상을 했다(또는 쿠빌라이가 그런 대답을 상상했다). 그리고 자신의 여정을 다시 되돌아보았고 닻을 올렸던 항구, 젊은 시절 친숙했던 장소들, 집 주변의 장소들 그리고 그가 어린 시절 뛰어놀던 베네치아의 작은 광장을 이해하는 법을 배우게 되었다.

그때 쿠빌라이 칸이 폴로의 말을 가로막았다. 아니 가로막는 상상을 했거나 폴로가 쿠빌라이의 질문으로 자신의 말이 끊기는 상상을 했다. "자네는 항상 뒤를 돌아보며 앞으로 걸어나가는가?" 아니면 "자네가 보는 것은 항상 자네 등 뒤에 있는 것인가?" 더 정확히 말하자면 "자네의 여행은 항상 과거 속에서 진행되는 것인가?"

마르코 폴로가 자신이 찾아 헤맨 것이 항상 자기 앞에 놓인 무엇이었다는 점을 설명하려면 혹은 설명한다고 상상하거나 설명하는 모습이 상상되거나 혹은 스스로에게 제대로 설명할 수 있으려면, 이 모든 것이 다 해당되어야 했다. 그리고 이것이 비록 과거의 문제라 해도 그 과거는 그가 여행을 해나가는 동안 서서히 변해왔다. 여행자의 과거는 그가 지나온 여정에 따라 바뀌기 때문이었다. 우리는 하루가 지날 때마다 하루가 덧붙여지는 가까운 과거가 아니라 아주 먼 과거를 이야기하고 있다. 매번 새로운 도시에 도착할 때마다 여행자는 자신이 소유하지 못했던 과거를 다시 발견하게 된다. 더 이상 그 자신이 아닌 것의, 또는 더 이상 소유할 수 없는 것의 낯설음이, 낯설고 소유해 보지 못한 장소에서 여행자를 기다리고 있다.

마르코가 어떤 도시로 들어간다. 그는 광장에서 자신의 것일 수도 있었을 삶을, 혹은 그런 한순간을 살고 있는 누군가를 만난다. 그가 아주 오래전 제때에 걸음을 멈추었더라면 또는 아주 오래전 갈림길에서 반대의 길을 선택했더라면, 그리고 오랫동안 떠돌아다니다가 그 광장의 그 남자 자리에 서기 위해 왔더라면, 지금 마르코 자신이 그 남자의 자리에 있었을지도 몰랐다.

이미 마르코는 실제 과거든 아니면 가정한 과거든 자신의 과거에서 배제되어 있다. 그는 멈춰 설 수가 없다. 그는 또 다른 과거 혹은 그가 만나게 될 미래일 수도 있고 이제는 다른 누군가의 현재가 되어버린 무엇인가가 그를 기다리고 있는 다른 도시까지 계속해서 가야만 한다. 실현되지 않은 미래들은 과거의 가지들일 뿐이다. 마른 가지들.

“자네의 과거를 다시 경험하기 위해 여행하는 것인가?” 이때 칸이 물었는데 이 질문은 이렇게 바꿀 수도 있다. "자네는 자네의 미래를 다시 찾기 위해 여행하는 것인가?"

마르코가 대답했다. "다른 곳은 현실의 이면을 비춰주는 거울입니다. 여행자는 자신이 갖지 못했고 앞으로도 가질 수 없는 수많은 것들을 발견함으로써 자기가 가지고 있는 것이 얼마 되지 않는다는 사실을 깨닫게 됩니다."

도시와 기억 5

마우릴리아에서 여행자는 도시를 둘러보라는 권유와 더불어 예전 모습을 고스란히 보여주는 오래된 그림엽서들을 자세히 살펴보라는 청을 받습니다. 암탉이 있던 광장은 버스 터미널이 되었고 야외 음악당은 육교가, 하얀 양산을 쓴 아가씨가 서 있던 자리는 탄약 공장이 되었습니다. 주민들을 실망시키지 않으려면 여행자는 엽서 속의 도시를 칭찬하고 현재의 도시보다 그 도시를 더 좋아한다는 걸 보여주어야 하지만 정확한 규칙 내에서 일어난 변화에 대한 아쉬움을 감추기 위해 세심한 주의를 기울여야 하고, 시골이었던 옛날과 비교해 볼 때 마우릴리아가 웅장하고 화려한 대도시로 변했지만, 그렇다고 잃어버린 우아함을 보상받을 수는 없다는 사실을 인정해야 합니다. 그렇기는 하나 지금이니까 낡은 엽서를 들여다보며 우아함을 즐기는 것이지 예전에 마우릴리아의 시골 풍경이 실제로 눈앞에 펼쳐져 있을 때는 우아한 것이라고는 전혀 없었습니다. 만약 마우릴리아가 그때의 모습 그대로 남아 있었다면 오늘날에도 우아함이라고는 눈을 씻고 찾아보려 해도 없었을 것입니다. 어쨌든 대도시는 더욱더 많은 매력을 지니는데, 사람들이 바뀐 도시의 모습을 보면서 예전의 모습을 다시 떠올리며 향수에 젖을 수 있기 때문입니다.

가끔 서로 다른 도시들이 같은 땅 위에, 같은 이름을 가지고 연이어 생겨나며 그런 도시들은 서로를 알지 못한 채, 의사소통 역시 하지 못한 채 태어나고 또 죽어간다는 말을 그들에게 하지 않도록 조심해야 합니다. 주민들의 이름이 똑같고 목소리의 악센트, 심지어 얼굴 윤곽까지 똑같은 경우가 자주 있습니다. 그렇지만 같은 이름 아래 같은 장소에 살던 신들은 한마디 말도 없이 떠나가 버렸고 이방의 신들이 그 자리를 차지했습니다. 그 신들 사이에 아무런 연관성이 없기 때문에 이방의 신들이 옛날의 신보다 더 나은지 혹은 더 나쁜지 자문해 보는 일은 부질없습니다. 마찬가지로 낡은 엽서들에 그려진 그림은 마우릴리아가 아니라 현재의 마우릴리아처럼 우연히 마우릴리아라고 불렸던 전혀 다른 도시입니다.

도시와 욕망 4

잿빛 돌의 도시 페도라의 한가운데에는 금속 건물이 있고 그 건물의 방들에는 유리로 된 공이 하나씩 있습니다. 각각의 유리 공 안을 들여다보면 파란색 도시가 보이는데, 그것은 또 다른 페도라의 모형입니다. 도시가 이런저런 이유로 오늘날 우리가 보는 모습으로 형성되지 않았더라면 그런 형태의 도시가 되었을 겁니다. 시대마다 누군가는 그 당시의 페도라를 바라보면서 그것을 바탕으로 이상적인 페도라를 만들 방법을 상상했지만, 그가 작은 모형을 만드는 사이 페도라는 이미 이전과 똑같은 페도라가 아니었습니다. 그래서 어제까지만 해도 가능했던 미래가 한갓 유리 공으로 만든 장난감에 불과해졌습니다.

유리 공이 있는 건물은 이제 페도라의 박물관이 되었습니다. 주민들은 모두 이 박물관을 방문하고 자신의 욕망에 들어맞는 도시를 선택해서 그것을 바라보며 (수로가 말라붙지 않았다면) 수로의 물을 끌어모아 만든, 해파리들이 헤엄치는 연못에 자신의 모습을 비춰보는 상상이나, 코끼리 위의 덮개 달린 높은 의자에 앉아 (지금은 도시에서 쫓겨난) 코끼리들만 다니는 길을 지나가는 상상, (이제는 그 주춧돌조차 찾아볼 수 없는) 나선형 첨탑의 나선을 따라 미끄럼을 타는 상상을 합니다.

위대한 칸이시여, 돌로 세워진 거대한 페도라나 유리 공 속의 작은 페도라들이 모두 폐하의 제국 지도에 자리해야 합니다. 모든 도시가 똑같이 실재해서가 아니라 모든 도시가 다 가상의 도시들일 뿐이기 때문입니다. 돌로 지어진 거대한 페도라에는 아직은 존재하지 않지만 꼭 필요한 게 포함되어 있고, 공 속의 페도라에는 가능하리라 생각했으나 곧 불가능으로 바뀌어버리는 게 담겨 있습니다.

도시와 기호들 3

여행을 하고 있지만 자신이 가는 길에 어떤 도시가 기다리고 있는지 아직 알지 못하는 여행자는 왕궁, 막사, 물방앗간, 극장, 시장이 어떻게 생겼을지 궁금합니다. 제국의 모든 도시에 있는 건물들은 전부 제각각이며 서로 다른 질서에 따라 배치되어 있습니다. 그렇지만 이방인은 낯선 도시에 도착하자마자 솔방울 모양의 탑과 다락방과 건초장 들을 찬찬히 바라보며 삐뚤빼뚤 이어진 수로, 밭, 쓰레기장 등을 눈으로 좇다가, 곧 군주들의 왕궁과 위대한 사제들의 신전, 여관, 감옥, 빈민가가 어디인지를 금방 구별할 수 있습니다. 누군가의 말처럼, 여행자들은 그렇게 모두 오직 차이로만 이루어진 도시, 형상이나 형식이 없는 도시를 자신의 마음속에 간직하며 특별한 도시들이 그 마음을 가득 채워준다는 가설이 맞다는 걸 확인합니다.

조에에서는 그렇지 않습니다. 사람들은 이 도시 어느 곳에서나 차례로 잠을 잘 수 있고, 공구를 만들고, 요리를 하고, 금화를 쌓아놓고, 옷을 갈아입고, 통치를 하고, 물건을 팔고, 신탁을 청할 수 있습니다. 나병 환자의 병원이나 후궁들의 목욕탕 지붕은 전혀 구별 없이 똑같은 피라미드 모양입니다. 여행자는 도시를 이리저리 돌아다니지만, 의구심만 남을 뿐입니다. 도시에 위치한 것들의 특징을 구별할 수 없기 때문인데 또렷이 구별되었던 특징들도 머릿속에서 뒤섞여 버립니다. 여행자는 이런 추론을 할 수 있을 겁니다. 매 순간 존재하는 것이 도시의 전부라면, 이 조에시는 나누어 분리할 수 없는 존재의 장소라 할 수 있습니다. 그렇다면 왜 도시가 존재하는 것일까요? 안과 밖을, 요란한 바퀴 소리와 늑대 울음소리를 갈라놓는 선은 무엇일까요?

섬세한 도시들 2

이제 놀라운 도시 제노비아에 대해 말씀드리려 합니다. 이 도시는 마른 땅 위에 자리 잡고 있기는 하지만 높디높은 말뚝들 위에 우뚝 서 있습니다. 도시의 집들은 대나무와 아연으로 지어졌고 크고 작은 발코니가 여럿 딸려 있으며 서로 경쟁하듯 제각기 높이 솟은 말뚝들 위에 자리를 잡아 집들의 높이가 다 다릅니다. 나무 사다리와 공중에 매달린 보도가 집들을 서로 연결해 주며 원뿔 모양 지붕의 전망대, 물을 비축해 두는 수조, 풍향계들이 집 위로 높이 솟아 있고 도르래, 낚싯대, 기중기들이 튀어나와 있습니다.

제노비아를 처음 세운 사람들이 어떤 필요나 계율이나 욕망으로 인해 자신들의 도시를 이런 형태로 만들었는지는 아무도 기억하지 못합니다. 그래서 오늘날 우리가 보는 것과 같은 도시, 아마도 처음 것에 계속 더해지고 중첩되어 이제는 본래 모습을 알아볼 수 없게 된 설계도를 통해 성장한 도시가 그것을 충족시켰는지 아닌지는 말할 수가 없습니다. 그러나 분명한 것은, 제노비아에 사는 사람에게 행복한 삶이란 어떤 것이라 생각하는지 묘사해 달라고 부탁하면 그는 자신이 상상한 제노비아, 나무 말뚝들 위에 서 있고 공중 계단이 있는 제노비아 같은 도시를 항상 이야기한다는 점입니다. 그 제노비아가 깃발과 끈들이 나부끼는, 지금과는 전혀 다른 제노비아일 수 있지만, 어쨌든 그 제노비아 역시 지금의 제노비아를 이루는 기본 요소들을 조합해 만든 도시입니다.

사실 제노비아를 행복한 도시로 분류해야 할지 불행한 도시로 분류해야 할지 결정하는 일은 무의미합니다. 그런 식으로 도시들을 둘로 나누기보다는 여러 해가 흐르고 변화를 거듭해도 계속해서 욕망을 자신들의 형태로 만들어가는 도시와 욕망에 지워지거나 욕망을 지워버리는 도시, 이렇게 두 종류로 나누는 편이 더 의미가 있습니다.

도시와 교환 1

북서풍을 맞으며 130킬로미터를 나아간 후 여행자는 에우페미아에 도착합니다. 동지와 하지, 춘분과 추분이면 일곱 나라의 상인들이 모이는 도시입니다. 생강과 목화를 가득 싣고 그곳에 정박한 배는 피스타치오와 양귀비 씨앗으로 선창을 채우고 닻을 올릴 것입니다. 육두구와 건포도 자루들을 방금 내려놓은 카라반은 되돌아가기 위해 벌써부터 여러 필의 금빛 모슬린을 길마에 묶고 있습니다. 그러나 강을 건너고 사막을 가로질러 그들이 여기까지 온 것은 칸 대제의 제국 안팎에 있는 어느 시장에서나 항상 찾을 수 있는 똑같은 물품들, 똑같은 모기장 그늘 아래 폐하의 발밑에 깔린 노란 깔개와 똑같은 깔개 위 사방에 늘어놓은, 똑같이 할인된 바가지 가격을 붙인 그런 물품들을 교환하기 위해서만은 아닙니다. 사고팔기 위해서만 에우페미아에 오는 게 아니라, 밤이 되면 시장 주변에 환히 밝히는 모닥불가에서 자루나 통 위에 앉아 혹은 카펫 뭉치 위에 누워 누군가 '늑대', '누이', '숨겨진 보물', '전투', '옴', '연인'이라는 말을 할 때마다 다른 사람들도 각자 늑대, 누이, 숨겨진 보물, 전투, 옴, 연인에 얽힌 자기 이야기를 하기 때문이었습니다. 그리고 폐하도 아시다시피, 폐하를 기다리는 긴 여행 도중 흔들리는 낙타 등이나 정크선에서 잠을 이루지 못할 때면 폐하께서는 지나간 추억들을 모두 하나씩 곱씹기 시작하실 것입니다. 동지와 하지, 춘분과 추분 때마다 기억이 교환되는 도시 에우페미아에서 돌아오실 때면, 폐하의 늑대는 다른 늑대가 되고 폐하의 누이동생은 다른 누이동생이 될 것이며 폐하의 전투는 다른 전투들이 될 것입니다.

……동방에 도착한 지 얼마 되지 않아 이곳의 언어를 전혀 알지 못했던 마르코 폴로는 자신의 가방에서 북, 소금에 절인 생선, 멧돼지 이빨로 만든 목걸이 같은 물건들을 꺼내어, 몸짓과 높이 뛰어오르기, 감탄이나 공포의 외침으로 그것들을 가리키거나 승냥이의 울부짖음과 올빼미 울음소리를 흉내 내는 방법 이외에는 달리 의사 표현을 할 길이 없었다.

마르코의 이야기를 구성하는 다양한 요소들 사이의 연관성을 황제가 늘 분명히 이해했던 것은 아니었다. 사물들은 다양한 이야기를 할 수 있었다. 화살이 가득 든 화살통은 전쟁이 임박했음을 나타내기도 하고 사냥감이 넘쳐난다는 사실이나 무기제조상의 가게를 뜻하기도 했다. 모래시계는 흘러가는 또는 흘러간 시간을 의미하거나 모래나 모래시계를 제작한 제작소를 의미할 수도 있었다.

그러나 쿠빌라이는 의미를 분명하게 전할 수 없는 보고자가 전해주는 모든 사실이나 소식 주위에 남아 있는 공간과 말로는 채울 수 없는 여백을 소중하게 생각했다. 마르코 폴로가 자신이 방문한 도시를 보여주는 묘사는 이런 장점이 있었다. 생각에 잠겨 그 도시를 돌아다닐 수도 있었고 거기서 길을 잃기도 하고 걸음을 멈추고 신선한 공기를 들이켜거나 달음박질로 달아날 수도 있었다.

시간이 흐르면서 마르코의 이야기 속에서 사물과 몸짓이 서서히 말로 바뀌어갔다. 처음에는 감탄사, 단음의 명사들, 건조한 동사들이었다가 점차 유창한 문장들, 가지가 뻗고 잎이 무성한 긴 이야기들, 은유와 암시들로 이어졌다. 이방인은 황제의 언어로 말하는 법을 배웠다. 아니 황제가 이방인의 언어를 이해했다.

그러나 두 사람 사이의 의사소통은 예전만큼 즐겁지 않았다고 할 수 있었다. 물론 기념비, 시장, 의상, 동물상, 식물상같이 각 지방과 도시에서 제일 중요한 것들을 열거하는 데는 사물과 몸짓들보다 언어가 훨씬 더 유용했다. 그렇지만 폴로가 그런 지역들에서 이루어질 게 틀림없는 삶의 방식을 이야기하기 시작하자 하루하루, 저녁마다 말이 차츰 줄어들었고 다시 서서히 몸짓, 얼굴 찡그리기, 눈짓에 의지하게 되었다.

그래서 도시마다 정확한 말로 표현되는 기본적인 정보들에 뒤이어 손을 들어 손바닥을 보이거나 손등 혹은 옆면을 보이기도 하고 곧게 또는 사선으로, 격렬하게 또는 천천히 움직여 소리 없는 설명을 덧붙였다. 두 사람 사이에 새로운 대화 형태가 자리 잡았다. 반지를 낀 칸 대제의 하얀 손가락들이 베네치아 상인의 민첩하고 마디 굵은 손가락에 위엄 있게 대답했다. 서로에 대해 점점 더 이해하게 되면서 손의 움직임은 안정되기 시작했고 손동작을 바꾸거나 다르게 움직일 때 그 하나하나가 마음의 움직임과 모두 일치했다. 사물에 관한 어휘가 상품의 견본에 따라 새로워지는 반면, 소리 없이 몸짓으로 이루어진 설명 목록은 제한되고 고정되어 가는 경향이 있었다. 거기에 의지하는 기쁨도 두 사람 모두에게서 차츰 줄어들었다. 두 사람은 대화를 나눌 때 대부분 소리 없이 꼼짝도 하지 않았다.

3부

쿠빌라이 칸은 마르코 폴로의 도시들이 서로 닮았다는 사실을 알아차렸다. 마치 한 도시에서 다른 도시로의 이동이 여행이 아니라 기본요소들의 교환과 관련되기라도 한 것처럼 말이다. 이제 칸 대제는 머릿속으로 마르코가 묘사했던 모든 도시에서부터 혼자 출발을 해서 도시를 조각조각 분해하고 그 재료를 다른 것으로 대체하고 옮기고 뒤바꾸면서 전혀 다른 방식으로 도시를 다시 건설했다.

한편 마르코는 계속해서 자신의 여행에 대해 보고했지만, 황제는 더 이상 그의 말을 듣지 않았고 이렇게 말을 가로막았다.

"이제부터는 내가 직접 도시를 묘사할 테니 그런 도시가 존재하는지, 그리고 그곳이 내가 생각했던 대로 정말 그런 모습인지 자네가 확인해 주게. 먼저 시로코가 불어오는 반달 모양의 만에, 계단으로 이루어진 도시가 있는지 묻고 싶네. 이제 내가 그 도시의 경이로운

점 몇 가지를 이야기하겠네. 대성당처럼 크고 높은 유리관이 있는데 그 안에서 물고기-제비가 헤엄치기도 하고 날기도 하지. 그 움직임을 관찰해서 점을 치려고 만든 유리관이야. 그리고 바람이 불면 잎에서 하프 소리가 나는 야자나무가 있다네. 또 편자가 달린 대리석 테이블이 놓인 광장이 있어. 그 테이블에는 새하얀 대리석 테이블보가 덮여 있고 역시 대리석으로 만든 온갖 종류의 음식과 음료가 차려져 있지."

"폐하, 폐하께서는 제 말을 제대로 듣고 계시질 않았습니다. 폐하께서 제 말을 가로막으셨을 때 저는 바로 그 도시를 이야기하는 중이었습니다."

"그런 도시를 아나? 어디 있지? 이름이 뭔가?"

"이름도 장소도 없습니다. 무엇 때문에 제가 그 도시를 묘사했는지 다시 말씀드리겠습니다. 상상할 수 있는 도시들의 수로부터, 기본 요소들이 서로를 연결하는 선과 내적 규칙, 전망, 이야기도 없이 모여 있는 도시의 수를 제외할 필요가 있습니다. 상상 가능한 도시들은 꿈과 같은 도시들입니다. 가능한 모든 것을 꿈꿀 수 있지만 가장 예기치 못한 꿈은 욕망을, 혹은 그것의 정반대인 두려움을 숨기고 있는 수수께끼와 같습니다. 꿈과 마찬가지로 도시들은 욕망과 두려움으로 건설되었습니다. 비록 그들이 나누는 이야기의 줄거리가 비밀이라 해도, 그들의 규칙이 비합리적이고 그 전망이 속임수에 불과하다 해도, 그리고 모든 것이 또 다른 것을 숨기고 있다 해도 말입니다."

"난 욕망도 두려움도 없어." 칸이 말했다. "그리고 내 꿈은 정신이나 우연으로 이루어진다네."

"도시들 역시 자신들이 정신이나 우연의 산물이라고 믿고 있지만 정신과 우연만으로 도시의 성벽이 지탱될 수는 없습니다. 폐하께서는 한 도시의 일곱 가지 혹은 일흔 가지 경이로움을 즐기시는 것이 아니라 폐하의 질문에 대해 도시가 주는 답을 즐기고 계십니다."

"혹은 테베가 스핑크스의 입을 통해 던졌던 질문처럼, 도시가 자네에게 던지는 질문, 자네가 대답할 수밖에 없는 그런 질문의 답이겠지."

도시와 욕망 5

거기서 출발해 여섯 번의 낮과 일곱 번의 밤을 여행한 사람은 조베이데에 도착합니다. 달빛이 환히 비치고 도시의 거리들이 실타래처럼 감기는 하얀 도시입니다. 실타래 같은 이 거리들은 이 도시가 어떻게 세워졌는지를 이야기해 줍니다. 여러 나라의 남자들이 똑같은 꿈을 꾸었습니다. 그들은 꿈속에서 한밤중에 긴 머리를 뒤로 넘기고 알몸으로 낯선 도시를 달리는 한 여인을 보았습니다. 남자들은 그녀를 추격하는 꿈을 꾸었습니다. 사방으로 달렸지만 모두 그녀를 놓쳐버리고 말았습니다. 꿈에서 깬 뒤 그들은 그 도시를 찾아 길을 떠났습니다. 도시는 찾을 수 없었지만, 그들은 서로를 알게 되었습니다. 그들은 꿈속에서 본 도시를 건설하기로 결정했습니다. 거리를 설계할 때 남자들은 모두 자기가 여자를 뒤쫓았던 그 길을 다시 만들었습니다. 달아나던 여인의 자취를 잃어버린 지점에서는 공간과 벽들을 꿈과는 전혀 다르게 배치해서 여인이 절대 달아날 수 없게 만들었습니다.

이게 바로, 남자들이 어느 날 밤엔가 다시 같은 꿈을 꾸기를 기다리며 세운 도시, 조베이데였습니다. 꿈속에서나 깨어 있을 때나 그 여인을 본 사람은 아무도 없었습니다. 도시의 거리들은 남자들이 매일 일터로 나갈 때 지나는 길이 되었고, 이제 꿈에서의 추격과는 아무런 관련도 없어졌습니다. 게다가 그들은 이미 오래전에 꿈을 잊어버렸습니다.

그들과 똑같은 꿈을 꾼 남자들이 여러 지방에서 왔습니다. 새로 온 남자들은 조베이데시에서 자신들이 꿈에서 보았던 몇몇 거리들을 발견했습니다. 그들은 추격당하던 여인이 갔던 길과 더 비슷하게 만들기 위해, 그리고 그녀가 사라졌던 지점에 탈출로를 남겨두지 않기 위해 주랑과 계단의 위치를 바꿨습니다.

맨 처음 도착했던 남자들은 이렇게 보기 흉한 도시, 이런 함정 같은 도시 조베이데의 어떤 매력이 이 사람들을 끌어들였는지 이해할 수 없었습니다.

도시와 기호들 4

머나먼 땅을 여행하는 이는 지역마다 변하는 언어에 직면하게 마련이지만 히파티아시에서 그를 기다리고 있는 언어의 변화 같은 것은 어디에도 없습니다. 그 도시에서 변화는 말이 아니라 사물과 관련이 있기 때문입니다. 어느 날 아침 저는 히파티아에 들어갔습니다. 정원의 목련이 파란 석호(潟湖)에 그림자를 드리우고 있었고 저는 그 호수에서 목욕 중인 젊고 아름다운 여인들을 볼 수 있으리라 확신하며 관목 사이로 걸어갔습니다. 그러나 물속에서는 목에 돌을 맨 채 자살해 머리카락에 초록 해초들이 뒤얽힌 여자들의 눈을 게들이 물어뜯었습니다.

저는 속았다는 생각이 들어서 술탄에게 처벌을 청하고 싶었습니다. 저는 높은 돌들로 이루어진 왕궁의 반암(斑岩) 계단을 올라가서 마욜리카 타일이 깔려 있고 분수들이 물을 뿜는 여섯 개의 정원을 가로질렀습니다. 중앙 홀에는 철책이 둘러쳐져 있었습니다. 시커먼 쇠사슬에 발이 묶인 수형자들이 지하에 자리 잡은 채석장에서 현무암 바위들을 끌어 올리고 있었습니다.

제가 할 수 있는 일은 철학자들에게 질문을 하는 것뿐이었습니다. 저는 큰 도서관으로 들어갔습니다. 그러나 양피지로 제본된 책들의 무게를 이기지 못하고 밑으로 내려앉고 있는 책꽂이 사이에서 그만 길을 잃고 말았습니다.

저는 이제는 쓰지 않는 알파벳의 순서를 따라 복도를 이리저리 오가고 좁은 계단과 다리를 지났습니다. 제일 외진 곳에 있는 파피루스 서적들을 보관한 방으로 들어서자 연기 구름 속에서 매트 위에 누워 있는 어린 청년의 몽롱한 두 눈이 보였습니다. 그는 아편이 든 담뱃대를 입에서 떼지 않았습니다.

"현인은 어디 있나?"

아편을 피우던 청년이 창밖을 가리켰습니다. 창밖으로는 나인핀스[5]의 핀, 그네, 팽이 같은 어린아이들의 놀이 기구가 있는 정원이 보였습니다. 철학자는 풀밭에 앉아 있었습니다. 철학자가 말했습니다. "기호들이 언어를 구성하기는 하지만, 그것은 당신이 알고 있다고 생각하는 그런 언어가 아니오." 저는 그때까지 제가 찾던 사물들이 제게 알려주었던 이미지들로부터 자유로워져야만 한다는 점을 깨달았습니다. 그렇게 할

5) 아홉 개의 핀을 세워놓고 공을 굴려 쓰러뜨리는 놀이.

때만 제가 히파티아의 언어를 이해할 수 있을 터였습니다.

지금 말 울음소리와 말을 채찍질하는 소리가 들릴 뿐인데도 저는 관능으로 전율합니다. 히파티아에서는 마구간과 승마장으로 들어가기만 해도 허벅지를 맨살로 드러낸 채 각반만 차고 말안장에 앉은 아름다운 여인을 보게 됩니다. 낯선 젊은이가 다가가자마자 여인들은 그를 건초 더미 위나 톱밥 더미 위에 쓰러뜨리고 단단한 젖꼭지로 누릅니다.

그리고 제 영혼이 음악 이외의 다른 영양분이나 자극을 원하지 않을 때는 묘지를 찾아가면 된다는 사실을 알고 있습니다. 연주자들은 무덤 사이에 숨어 있습니다. 이 무덤 저 무덤에서 떨리는 듯한 피리 소리와 조화로운 하프 소리가 서로 화답을 합니다.

물론 히파티아에서도 도시를 떠나는 게 제 유일한 바람이 되는 날이 찾아올 것입니다. 저는 항구로 내려가는 대신 요새에서 제일 높은 첨탑 위로 올라가서 배가 그 위로 지나가길 기다려야 한다는 사실을 알고 있습니다. 그런데 배가 지나가기는 할까요? 속임수가 없는 언어는 없습니다.

섬세한 도시들 3

아르밀라가 미완성이어서 혹은 허물어져서 그런 것인지 마법 때문에 혹은 그저 단순한 변덕 때문에 그런 것인지 저는 모릅니다. 사실 이 도시에는 담도 천장도 바닥도 없습니다. 수도관마저 없다면 아르밀라는 도시처럼 보이지도 않을 겁니다. 수도관들은 집이 있을 만한 지점에서는 수직으로 올라가고 집의 바닥이 되어야 할 부분에서는 수평으로 넓게 퍼집니다. 숲을 이룬 관들의 끝에는 수도꼭지, 샤워기, 홈통과 배수관이 달려 있습니다. 가지에 매달려 있는 때늦은 과일들처럼 하늘을 배경으로 세면대와 욕조나 마욜리카 자기 제품들이 하얗게 빛나고 있습니다. 어떤 사람은 배관공들이 자기 일이 끝나자마자 벽돌공들을 기다리지도 않고 떠났을지도 모른다고 말하기도 합니다. 또는 견고한 수도관 시설들이 어떤 파국적인 상황, 지진이나 흰개미에 의한 부식을 버텨낸 것 같다고도 합니다.

처음에 버려져 있었을 때나 나중에 사람이 살고 있었을 때나 아르밀라가 적막했다고 말할 수는 없습니다. 언제든 수도관 사이로 눈을 들면 적당한 키의 젊고 날씬한 여자 한둘, 혹은 아주 많은 여자를 손쉽게 발견할 수 있습니다. 그녀들은 욕조 속에서 목욕을 즐기거나 공중에 걸린 샤워기 밑에서 활처럼 등을 구부리고 있거나 몸을 씻거나 향수를 뿌리거나 거울을 보며 긴 머리를 빗고 있습니다. 샤워기에서 부채처럼 퍼져 나오는 물줄기, 수도꼭지에서 떨어지는 물, 뿜어져 나오는 물, 이리저리 튀는 물, 스펀지의 거품들이 햇빛 속에서 반짝입니다.

저는 이렇게 이해했습니다. 아르밀라의 수도관들 속으로 흐르는 물의 주인은 요정과 나이아스[6]라는 겁니다. 지하 수맥을 거슬러 올라오는 데 익숙한 그녀들에게 새로운 물의 왕국으로 들어가 수많은 수도관에서 솟구쳐 나오고 새로운 거울, 새로운 놀이, 물을 즐기는 새로운 방법을 찾기란 너무나 쉬운 일입니다. 그녀들이 도시로 침입하면서 사람들이 쫓겨났을 수도 있고, 사람들이 물을 함부로 사용한 데 화가 난 요정들의 마음을 달래주기 위해 그녀들에게 봉헌하려고 도시가 건설되었을 수도 있습니다. 어쨌든 지금 요정들은 행복한 것 같습니다. 아침이면 그녀들의 노랫소리가 들려오니까요.

---

6) 그리스신화에 나오는 물의 요정으로 '흐르다'라는 뜻의 그리스어 '나이에인(naiein)'에서 파생된 말.

도시와 교환 2

대도시인 클로에의 거리를 지나는 사람들은 서로를 알아보지 못합니다. 서로 마주치게 되면 그들은 상대에게 일어났을 수천 가지 일들을 상상합니다. 그들 사이에 일어날 수도 있는 만남, 대화, 놀라운 일, 애무, 깨물기 등을 상상합니다. 그러나 아무도 인사를 하지 않으며 눈이 마주치면 곧바로 눈을 피해 다른 사람의 눈을 찾습니다. 걸음을 멈추는 일도 없습니다.

한 아가씨가 어깨에 기댄 양산을 뱅글뱅글 돌리고 둥근 엉덩이도 살랑살랑 흔들며 지나갑니다. 살아온 세월을 고스란히 드러내는 검은 옷을 입은 여자가 지나갑니다. 베일에 가려진 두 눈은 불안해 보이며 입술은 떨리고 있습니다. 문신을 한 거구의 남자가 지나갑니다. 머리가 하얀 젊은이, 난쟁이 여인, 산홋빛 옷을 입은 쌍둥이 자매가 지나갑니다. 그들 사이로 무엇인가가 흐릅니다. 형상과 형상을 잇고 화살, 별, 삼각형들을 그리는 선처럼 시선들이 오가다가 한순간 모든 조합이 사라져 버리고 다른 인물들이 무대에 등장합니다. 치타를 쇠줄에 묶어 데리고 다니는 시각장애인, 타조 깃털 부채를 든 창녀, 젊은 청년, 뚱뚱한 여자들이 나타납니다.

우연히 비를 피해 같은 주랑 아래 함께 서 있는 사람들이나 시장 천막 밑에 모여든 사람들, 또는 광장에서 악단의 연주를 듣기 위해 걸음을 멈춘 사람들 사이에서 말 한마디 나누지 않은 채, 손가락 하나 스치지 않은 채, 눈도 거의 들지 않은 채 만남과 유혹, 섹스와 난교가 이루어집니다.

관능적인 떨림이 가장 순결한 도시 클로에를 계속 움직입니다. 남자와 여자들이 계속 덧없는 꿈을 키워나간다면 모든 유령이 사람이 되어 추적, 거짓, 오해, 충돌, 억압의 이야기를 시작할 것이고 환상의 회전목마는 멈추게 될 겁니다.

도시와 눈들 1

고대인들은 호숫가에 발드라다시를 세웠습니다. 층층이 베란다가 있는 집들과 고가 도로의 난간이 호수를 마주 보고 있습니다. 그래서 여행자는 이 도시에 도착하면서 두 개의 도시를 보게 됩니다. 호수 위에 똑바로 서 있는 도시와 호수에 거꾸로 비친 도시가 그것입니다. 두 개의 발드라다에서는 모든 것이 똑같이 존재하고 모든 일이 똑같이 일어납니다. 도시의 모든 지점이 호수에 반사되도록 건설되었기 때문입니다. 그리고 물에 비친 발드라다는 호수 위에 높이 선 건물 정면에 장식으로 판 얕은 홈이나 돋을새김뿐만 아니라 천장과 바닥이 있는 각 방의 내부, 길게 뻗은 복도들, 옷장의 거울들까지 모두 포함하고 있습니다.

발드라다의 주민들은 그들의 모든 행동이 자신들의 행동인 동시에 그것의 거울 이미지라는 사실을, 그 이미지에는 특별한 권위가 있다는 점을 잘 알고 있습니다. 이 사실을 인식하고 있어서 그들은 단 한 순간도 우연과 망각에 자신을 맡기지 않습니다. 연인들이 살과 살을 맞대고 상대방을 더욱 기쁘게 해 줄 체위를 찾으며 알몸으로 뒤엉킬 때도, 살인자들이 희생자 목의 시커먼 정맥을 칼로 찌르고 끈적끈적한 피가 흘러나오면 나올수록 칼날을 힘줄 사이로 더 깊숙이 밀어 넣을 때도, 그들의 성교나 살인은 거울에 비친 선명하고 차가운 성교와 살인의 이미지만큼 중요하지 않습니다.

거울은 사물들의 가치를 높이기도 하고 부정하기도 합니다. 거울 위에서 가치 있어 보이는 게 거울에 비쳤다고 해서 모두 다 그 가치를 계속 유지하지는 않습니다. 발드라다에 존재하거나 일어나는 일 중에 그 어떤 것도 대칭을 이루지 않기 때문에 쌍둥이 도시는 똑같지 않습니다. 모든 얼굴과 행동이 거울에서는 정반대의 얼굴과 행동으로 나타납니다. 두 개의 발드라다는 계속 서로의 눈을 바라보며 서로를 위해 살아가지만 상대방을 사랑하지는 않습니다.

칸 대제는 어떤 도시를 꿈꾸었고 그 도시를 마르코 폴로에게 묘사한다.

"항구는 그늘 속에 북쪽을 향해 있네. 부두는 검은 바닷물 위에 높이 서 있어. 바닷물은 쉼 없이 부두 벽에 부딪히고 해초로 뒤덮인 미끄러운 돌계단이 바다를 향해 내려가고, 타르 칠을 한 작은 배들이 정박지에서 떠날 사람들을 기다리지. 사람들은 가족들에게 작별 인사를 하느라 차마 부두를 떠나지 못하고 있어. 말없이 눈물 속에서 이별을 하고 있네. 날씨가 추워서 모두 목도리를 두르고 있지. 뱃사공들의 외침에 사람들은 떨어지지 않는 발걸음을 옮긴다네. 여행자는 몸을 움츠리고 뱃머리에 서서 부두를 떠나지 않고 있는 사람들을 바라보며 멀어져 가지. 부둣가에서는 이미 그의 윤곽조차 알아볼 수 없다네. 안개가 자욱해. 작은 배는 정박 중인 대형 선박으로 다가

가지. 점처럼 작아진 여행자가 사다리를 타고 올라가자 이윽고 그의 모습은 사라진다네. 닻줄 구멍을 긁으며 끌려 올라가는 녹슨 쇠사슬 소리가 들린다네. 남은 사람들은 부두의 암벽 위에 세워진 방벽에 매달려 배가 곶을 돌아갈 때까지 눈으로 배를 좇는다네. 그러다가 마지막으로 흰 손수건을 흔들지. 떠나게. 해안가를 빼놓지 말고 돌아다니며 이런 도시를 찾아보게." 칸이 마르코에게 말한다. "그리고 돌아와서 내 꿈이 사실에 들어맞는다고 말해주게."

"용서하십시오, 폐하. 조만간 저는 분명 그 항구에서 배를 타게 될 겁니다. 그렇지만 폐하께 그 도시에 대해 보고하러 돌아오지는 않을 겁니다. 그 도시는 존재하며 단순한 비밀을 간직하고 있습니다. 도시는 떠나는 것만 알 뿐 돌아오는 것은 알지 못합니다."

4부

쿠빌라이 칸이 호박(琥珀) 담뱃대를 입에 꽉 물고 자수정이 박힌 높은 칼라에 수염을 비비고, 비단 슬리퍼 속에서 엄지발가락을 신경질적으로 꼼지락거리며 눈 한 번 들지 않고 마르코 폴로의 보고를 듣고 있었다. 저녁이면 우울의 그림자가 그의 마음을 무겁게 했다.

"자네의 도시들은 존재하지 않아. 어쩌면 한 번도 존재한 적이 없었는지도 모르지. 물론 앞으로도 존재하지 않을걸세. 자네는 무엇 때문에 지어낸 그런 이야기들을 즐기며 위안을 받는 건가? 내 제국이 늪 속의 시체처럼 썩어가고 있다는 걸 나는 잘 알고 있네. 그 썩은 시체의 병균이 그것을 쪼아 먹는 까마귀들과 그 썩은 물을 거름으로 해서 자라는 대나무들을 병들게 하듯이 말이야. 자네는 왜 이런 이야기를 하지 않는 건가? 왜 타타르족 황제에게 거짓말을 하는 건가, 이 방인이여?"

폴로는 황제의 우울한 기분에 공감할 줄 알았다.

"그렇습니다. 제국은 병들었습니다. 그리고 더 나쁜 것은 제국이 자신의 상처에 익숙해지려고 한다는 사실입니다. 제 탐험의 목적은 아직도 언뜻언뜻 보이는 행복의 흔적들을 자세히 찾아나가면서 그것이 얼마나 부족한지를 헤아려 보는 겁니다. 폐하의 주위가 얼마나 어두운지 알고 싶으시다면 눈을 가느스름하게 뜨고 집중해서 멀리 보이는 희미한 불빛을 바라보셔야 합니다."

하지만 어떨 때 칸은 갑작스레 밀려드는 행복감에 도취하기도 했다. 그는 방석에서 일어나 발밑의 통로에 길게 깔아놓은 카펫 위를 성큼성큼 걸었고 테라스 난간에서 몸을 내밀고 삼나무에 걸어둔 등불의 빛에 환히 비치는 드넓은 왕궁의 뜰을 황홀한 듯 바라보았다.

칸이 말했다. "그렇지만 나는 내 제국이 수정으로 만들어져서 그 결정체들이 완벽한 설계에 따라 배치되어 있다는 것을 알고 있네. 그런 결정체들이 소용돌이치는 한가운데서 눈부시고 단단한 다이아몬드가, 투명한 다면체인 거대한 산이 만들어지지. 자네가 여행에서 받은 인상은 실망 가득한 외면에만 머무를 뿐, 제어할 수 없는 이런 과정들은 포착하지 못하고 있어. 무엇 때문인가? 왜 그렇게 본질과는 무관한 우울에 빠져 머뭇거리는 건가? 왜 제국의 위대한 운명을 황제에게 숨기는 건가?"

마르코가 대답했다.

"폐하, 폐하의 손짓 한 번에 따라 하나밖에 없는 마지막 도시의 성벽들이 완벽하게 높이 세워지는 동안, 저는 그 새 도시에 자리를 넘겨주기 위해 사라졌을지도 모를 다른 도시들, 다시 세워지거나 기억될 가망이 없는 그 도시들의 재를 긁어모을 겁니다. 그 어떤 보석으로도 보상할 수 없는 불행의 잔재들을 인식하실 때에만 폐하께서는 마지막 다이아몬드가 가져야 하는 정확한 캐럿을 계산하실 수 있을 겁니다. 그러면 폐하의 계산에는 처음부터 실수가 없을 겁니다."

도시와 기호들 5

현명하신 쿠빌라이여, 폐하께서는 도시를 묘사하는 말들과 도시 자체를 혼동해서는 절대 안 된다는 사실을 누구보다 더 잘 아십니다. 하지만 도시와 말들은 서로 관계가 있습니다. 상품과 이윤이 넘쳐나는 부유한 도시 올리비아에 대해 폐하께 묘사하려면 정교한 금은 세공으로 장식된 대저택을 이야기해야만 합니다. 이 저택에는 그 도시가 얼마나 풍요로운지를 보여주기 위해, 양쪽으로 열리는 창문의 턱 앞에 장식 술 달린 쿠션이 놓여 있습니다. 격자창 너머의 스페인식 안뜰에서는 빙글빙글 돌아가는 물뿌리개가 잔디밭 위로 물을 뿌리고, 하얀 공작이 그 잔디밭에서 꼬리를 펼칩니다. 그렇지만 이런 이야기만으로도 폐하께서는 집마다 있는 얼룩진 벽들 때문에 올리비아라는 도시 전체가 그런 검댕과 기름때로 뒤덮여 있다는 사실을 금방 아실 겁니다. 또 사람들로 붐비는 거리를 달리는 트레일러들 때문에 보행자들은 벽에 딱 붙어다닐 수밖에 없다는 사실도 아시게 될 겁니다. 주민들이 하는 일에 대해 말씀드려야 한다면 저는 가죽 냄새가 진동하는 마구(馬具) 제작소, 라피아 카펫을 짜면서 수다 떠는 여인네들, 물의 낙차를 이용해 풍차 날개를 움직이는, 공중에 높이 선 수로들을 이야기할 수 있을 겁니다. 하지만 이런 단어들이 폐하의 지혜로운 의식 속에 환기시키는 이미지는 선반(旋盤)의 톱니에 맞물린 주축대를 움직이는 동작입니다. 작업반의 교대 시간이 될 때까지 정해진 시간 동안 수천 명의 손이 수천 번 되풀이했던 동작이지요. 올리비아의 정신이 어떻게 자유로운 삶과 세련되고 고상한 문화를 지향하는지를 설명해야만 한다면, 한밤중에 환하게 불 밝힌 카누를 타고 초록의 강둑 사이를 지나며 노래하는 귀부인들 이야기를 들려드려야 할 겁니다.

그러나 이것은 매일 밤 남자와 여자들이 몽유병 환자처럼 줄을 지어 배에서 내리는 도시 외곽에는 항상 어둠 속에서 웃음을 터뜨리고 농담을 하며 빈정대는 누군가가 있다는 사실을 폐하께 상기시키기 위함일 뿐입니다.

어쩌면 폐하께서는 이 점을 모르실 수도 있습니다. 올리비아에 대해 말하기 위해서는 다른 말이 필요 없다는 사실 말입니다. 정말 양쪽으로 여는 창문과 공작, 마구 제작인, 카펫을 짜는 여자와 카누와 초록 강둑으로 이루어진 올리비아가 있다면 그것은 파리가 꼬인 보잘것없는 시커먼 구멍일 수도 있습니다. 이 구멍을 묘사하기 위해 저는 검댕, 귀에 거슬리는 바퀴 소리, 되풀이되는 손놀림, 빈정거림의 은유에 의지해야만 합니다. 거짓은 말이 아니라 사물 속에 있습니다.

섬세한 도시들 4

소프로니아시는 반쪽짜리 도시 두 개로 이루어져 있습니다. 한 도시에는 레일이 급경사를 이룬 롤러코스터, 방사상 체인에 연결된 회전목마, 회전식 관람차, 오토바이 운전자가 고개를 움츠리고 달려야 하는 죽음의 활주로, 한가운데 여러 개 매달린 공중그네들과 지붕이 높은 서커스 천막이 있습니다. 돌과 대리석과 시멘트로 만들어진 다른 반쪽의 도시에는 은행, 공장, 대저택, 도살장, 학교와 그 밖의 것들이 모두 있습니다. 반쪽의 도시 하나는 영속하지만 다른 하나는 일시적인 도시입니다. 그래서 머물러야 할 시간이 끝나면 사람들이 그 도시의 못을 빼고 해체해서 다른 반쪽의 도시로 가져가 그곳의 공터에 다시 세웁니다.

그렇게 매년 인부들이 대리석 박공벽을 떼어내고 돌벽과

시멘트 기둥을 분해하고 관공서와 기념관, 부두와 정유소, 병원을 해체하고 그것들을 트레일러에 실어 이 광장 저 광장으로, 그해에 정해진 여정을 따라가는 날이 찾아옵니다.

이제 곤두박질치는 롤러코스터에서 질러대는 고함과 함께, 사격 연습장과 회전목마들이 있는 반쪽 소프로니아만 남게 됩니다. 그리고 남아 있는 소프로니아는 몇 날 며칠이, 몇 달이 지나야 카라반이 돌아오고 완전한 삶이 다시 시작될지를 계산하기 시작합니다.

도시와 교환 3

에우트로피아가 수도인 지역에 들어간 여행자는 하나가 아니라 많은 도시를 보게 됩니다. 도시들은 크기가 모두 같고 서로 다른 점이 없으며 광대하고 기복이 완만한 고원 위에 흩어져 있습니다. 에우트로피아는 하나의 도시가 아니라 이 도시들 모두입니다. 한 도시에만 사람들이 살고 다른 도시들은 비어 있습니다. 사람들은 차례로 도시를 바꾸어 삽니다. 이제 제가 어떻게 된 건지 말씀드리겠습니다. 어느 날 에우트로피아에 사는 사람들 모두가 주체할 수 없는 피로를 느끼고 자신의 일, 친지, 집과 거리, 의무, 인사해야 할 사람, 또는 인사를 해오는 사람 전부를 참을 수 없게 됩니다. 그러면 주민들은 다 같이 옆 도시로, 텅 빈 상태로 그들을 기다리는 새 도시로 옮겨 가기로 결정합니다. 그 도시에서 그들은 각자 새 직업을 구하고 다른 아내를 얻으며 열린 창문으로 다른 풍경을 보게 됩니다. 밤마다 다른 친구들과 어울려 다른 여가를 즐기고 다른 잡담을 나눌 수 있습니다. 그렇게 그들의 삶은 방향이나 경사나 물의 흐름이나 바람들 때문에 다른 도시들과 약간의 차이를 보이는 여러 도시로 옮겨 다니면서 새로워집니다. 그들의 사회가 부나 권력에서 큰 차이 없이 유지되기 때문에 이런 저런 직무를 맡아도 동요는 거의 일지 않습니다. 다양성은 다양한 임무에 의해 보장되므로 평생 이미 한 번 맡았던 임무를 다시 맡는 일은 거의 없습니다.

그렇게 도시는 텅 빈 체스판의 위아래로 이동하면서 어디서나 똑같은 자신의 삶을 되풀이합니다. 주민들은 새로 만난 배우들과 함께 똑같은 장면을 다시 연기합니다. 그들은 다양하게 뒤섞인 악센트로 똑같은 대사를 다시 말합니다. 각기 다른 입을 딱 벌리고 똑같은 하품을 합니다. 제국의 모든 도시 중 에우트로피아만이 항상 똑같은 모습으로 남아 있습니다. 이 도시는 변덕스러운 신 메르쿠리우스[7]에게 바쳐졌고, 메르쿠리우스가 이런 기묘한 기적을 만들어냈습니다.

7) 로마신화에 나오는 상업의 신.

도시와 눈들 2

젬루데시는 그것을 바라보는 사람의 기분에 따라 형태가 바뀝니다. 만일 도시를 지나가면서 휘파람을 불다가 얼굴을 들면, 폐하께서는 아래에서 위로 도시를 보실 수 있습니다. 창턱, 바람에 날리는 커튼, 뻗어 나오는 분수의 물줄기가 보일 겁니다. 만일 고개를 숙이고 주먹을 꽉 쥐고 걸어간다면, 폐하의 시선은 땅바닥과 개울, 하수구 뚜껑, 생선 비늘, 종이 쓰레기들에 머물게 될 것입니다. 이 중 어느 것 하나가 도시의 진정한 모습이라고 말할 수는 없지만, 위쪽 젬루데를 기억하며 아래쪽 젬루데에 가라앉은 채, 매일 같은 거리를 지나고 아침이면 담벼락 아래 달라붙은 전날의 불쾌한 찌꺼기들을 발견하는 사람들이 특히 위쪽 젬루데 이야기를 하는 것을 들으실 수 있습니다. 조만간 우리 모두가 시선을 아래로 던져 홈통을 내려다보고, 더 이상 보도블록에서 눈을 뗄 수 없게 되는 날이 찾아올 것입니다. 반대의 경우도 배제할 수 없으나 그런 경우는 아주 드뭅니다. 그래서 우리는 지하실, 주춧돌, 우물들 밑을 눈으로 파고들면서 젬루데의 거리를 계속 걸어 다니게 됩니다.

도시와 이름 1

아글라우라시에 대해서는 이 도시에 사는 주민들이 오래 전부터 되풀이해 왔던 일 말고는 달리 어떤 말씀을 드려야 할지 모르겠습니다. 그것은 소문난 일련의 덕행, 그와 똑같이 소문난 과오, 약간의 기괴한 행동, 규율에 대한 엄격한 존중 같은 것입니다. 진실하다고 판단되는 고대의 관찰자들은 그 당시 아글라우라가 지속적으로 받아들여 온 특별한 성질들이 있었는데 그것들은 다른 도시들과 확실히 비교되는 성질이라고 생각했습니다. 사람들이 말하는 아글라우라나 눈에 보이는 아글라우라 모두 그 이후 그다지 크게 변하지 않았을 겁니다. 그렇지만 희한한 것은 일상적인 것으로 바뀌었고 기이한 것은 규율이 되었으며 덕행과 과오는 그 고귀함이나 불명예를 잃고 서로 다른 가치를 가진 덕행과 과오로 조화를 이루게 되었습니다. 이런 의미에서 아글라우라에 대한 말 중 진실된 것은 하나도 없습니다. 그래도 거기서 도시에 대한 견고하고 치밀한 이미지를 끌어낼 수는 있는 데 반해 그곳에서의 생활을 추정할 수 있게 해주는 산만한 의견들은 거의 앞뒤가 맞지 않습니다. 결과는 이렇습니다. 사람들이 말하는 도시는 존재하는 데 많은 것들이 필요하지만, 실제로 존재하는 도시에는 그다지 많은 것이 존재하지 않습니다.

그러니까 제가 보고 직접 경험한 것을 고려해서 아글라우라시를 폐하께 묘사하고 싶다면 저는 그 도시가 아무 특색도 없이 빛바랜 도시로 아무렇게나 그곳에 세워져 있다고 말씀드려야 할 겁니다. 하지만 이조차도 진짜가 아닐 수 있습니다. 어떤 시간에 어떤 길을 따라 걷다 보면 독특하고 희한하고 심지어 놀랍기까지 한 무엇인가가 있을지 모른다는 의심이 폐하의 눈앞에 모습을 드러냅니다. 그게 무엇인지 말씀하시고 싶겠지만, 지금까지 아글라우라에 대해 이야기된 모든 게 폐하의 언어를 가두고 어떤 말을 새롭게 하기보다는 같은 말만 되풀이하게 만들 겁니다.

그래서 주민들은 자기들이 항상 아글라우라라는 이름으로만 성장하는 아글라우라에 살고 있다고 생각하며 땅 위에서 성장하는 아글라우라에는 신경을 쓰지 않습니다. 두 도시를 서로 구별해 기억 속에 간직하고 싶어 하는 저 역시 한 도시만을 폐하께 말씀드렸을 뿐입니다. 또 다른 도시에 대한 기억은 그것을 남겨둘 말이 부족해서 사라져 버렸기 때문입니다.

"앞으로는 내가 직접 도시들을 묘사하겠네." 칸이 말했다. "자네는 여행 중에 그런 도시들이 실제 존재하는지 확인할 수 있을 거야."

그러나 마르코 폴로가 방문한 도시들은 언제나 황제가 생각한 도시들과 달랐다.

"하지만 난 가능한 모든 도시를 추론해 낼 수 있는 모델 도시 하나를 내 머릿속에 만들어놓았네." 쿠빌라이가 말했다. "그 도시에는 규범에 부합하는 건 모두 다 포함되어 있어. 존재하는 모든 도시가 그 정도를 달리하며 규범으로부터 멀어지기 때문에, 나는 예외적 규범을 예상하고 그 예외의 가능성 있는 조합들을 계산해 내기만 하면 된다네."

"저 역시 다른 모든 도시를 추론할 수 있는 모델 도시를 생각했습니다." 마르코가 대답했다. "예외와 배제되어야 할 것과 모순, 부조화,

부조리만으로 이루어진 도시입니다. 만약 한 도시가 이와 같이 가장 있을 법하지 않은 것들로만 이루어져 있다면, 비정상적인 요소들의 숫자들을 점차 줄여나감으로써 도시가 정말 존재할 가능성을 점점 높일 수 있습니다. 그러니까 저는 제 모델에서 예외들을 제외해 나가기만 하면 됩니다. 어떤 방향으로든 계속 나아가다 보면 저는 여전히 예외적이기는 하지만 그래도 존재하는 도시들 가운데 한 도시 앞에 도착하게 될 것입니다. 그러나 저는 이와 같은 일을 어떤 경계 너머까지 밀고 나갈 수는 없습니다. 그렇게 되면 너무나 그럴듯해서 진짜 같아 보이는 도시들을 손에 넣게 될 테니까요."

5부

왕궁의 높은 테라스 난간에서 칸 대제는 커지는 제국을 지켜본다. 처음에는 정복한 지역들이 포함되면서 국경선이 확장되었지만 진군하는 부대들은 버려진 것이나 다름없는 지역, 오두막들뿐인 초라한 마을, 벼가 잘 자라지 않는 늪지, 여윈 주민들, 메마른 강들과 갈대숲과 직면하게 되었다. '지나치게 바깥쪽으로 성장한 나의 제국이 이제 안으로 성장할 시기가 시작되었구나.' 칸은 생각했다. 그리고 잘 익어 껍질이 터져버린 석류열매가 주렁주렁 달린 석류나무 숲, 불에 구워 기름이 뚝뚝 떨어지는 인도산 소고기 꼬치, 반짝이는 금덩이들이 쏟아지는 금맥을 꿈꾸었다.

이제 여러 계절 풍년이 들어 곡물 창고마다 곡식이 넘쳐났다. 강물이 불어나 신전과 왕궁의 청동 지붕을 떠받칠 대들보의 운명을 타고난 숲의 나무들을 운반할 수 있었다. 노예들로 이루어진 카라반들은 산더미 같은 사문석을 옮기느라 대륙을 횡단했다. 칸 대제는 대지와 인간들을 짓누르는 도시들이 빼곡하고, 재물과 교통수단들이 넘쳐나며, 장식과 임무가 지나치게 많고, 여러 조직과 계급이 복잡하게 뒤얽혀 있고, 팽창해 있으며 팽팽하게 긴장된 무거운 제국을 물끄러미 바라보았다.

'제국 자체의 무게가 제국을 짓누르고 있어.' 쿠빌라이가 생각했다. 그의 꿈속에 연처럼 가벼운 도시가 나타나기도 하고 레이스처럼 구멍이 뚫린 도시, 모기장처럼 속이 환히 들여다보이는 도시, 나뭇잎의 잎맥 같은 도시, 손금 같은 도시, 불투명하고 비현실적인 두께를 통해 보이는 섬세한 세공품 같은 도시가 나타나기도 했다.

"지난밤에 꾼 꿈 이야기를 해주겠네." 그가 마르코에게 말했다. "나는 평평하고 누르스름하며 운석과 표석들이 여기저기 흩어진 땅 한가운데에 있었는데, 그때 멀리서 뾰족하고 가느다란 첨탑들로 이뤄진 도시가 세워지는 광경을 보았네. 첨탑들은 달이 여행을 하다가 한 번은 이 첨탑에, 또 한 번은 저 첨탑에 내려앉아 쉴 수 있게, 또는 기중기 케이블에 걸려 이리저리 흔들릴 수 있게 만들어졌지."

그러자 폴로가 말했다. "폐하께서 꿈에 본 도시는 랄라제입니다. 이 도시의 주민들은 도시의 밤하늘에서 쉬었다 가라고 달을 초대합니다. 그렇게 해서 끝없이 성장하고 또 성장하는 이 도시에 달이 모든 걸 선물하게 하려는 겁니다."

"자네가 모르는 게 있군그래." 칸이 덧붙였다. "달은 감사의 뜻으로 이 랄라제시에 가장 보기 드문 특권을 주었다네. 바로 가볍게 성장하는 것이지."

섬세한 도시들 5

제 말을 믿기로 하셨다면, 잘하신 겁니다. 이제 거미집 같은 도시 옥타비아가 어떻게 생겼는지 말씀드리겠습니다. 깎아지른 듯 가파른 두 산 사이에 낭떠러지가 있습니다. 도시는 밧줄과 쇠사슬과 좁은 구름다리들로 양쪽 산꼭대기에 묶여 허공에 걸려 있습니다.

사람들은 나무를 이어 만든 다리 위로 걸어 다니는데 나무 사이사이로 발이 빠지지 않게 주의해야 합니다. 또는 삼으로 꼬아 만든 밧줄을 꽉 잡아야 합니다. 이 다리 밑으로는 수백 미터에 이르는 낭떠러지가 펼쳐질 뿐 아무것도 없습니다. 가끔 구름만 떠다닐 뿐입니다. 그 아래쪽으로 골짜기의 밑바닥이 얼핏 보이기도 합니다.

도시의 토대는 걷거나 지탱하는 데 이용되는 그물입니다.

나머지는 모두 위로 높이 올라가는 대신에 아래에 걸려 있습니다. 밧줄 계단, 해먹, 자루처럼 만든 집들, 옷걸이, 곤돌라 같은 테라스, 물을 담는 가죽 자루, 가스버너, 회전 꼬치구이 기계, 줄에 걸려 있는 바구니들, 화물용 승강기, 샤워기, 그네와 아이들이 가지고 노는 링, 케이블카, 샹들리에, 덩굴 식물들이 자라는 화분 등입니다.

낭떠러지 위에 걸려 있는 옥타비아 주민들의 삶은 다른 도시에서의 삶보다 더 확실합니다. 그들은 그물이 그리 오래 버티지 못하리라는 사실을 알고 있습니다.

도시와 교환 4

도시의 삶을 지탱해 주는 관계들을 설정하기 위해 에르실리아의 주민들은 집 모퉁이에 흰색이나 검은색, 회색 또는 흰색과 검은색이 섞인 실들을 혈연관계와 거래, 권력, 기관들과의 관계에 따라 걸어놓습니다. 실이 너무 많이 걸려 있어서 그 사이로 지나다닐 수 없게 되면 주민들은 그곳을 떠납니다. 집들은 해체됩니다. 그러면 실과 그 실이 묶인 기둥만 남게 됩니다.

에르실리아를 떠난 사람들은 세간들을 가지고 산기슭에서 야영을 하면서 평원에 서 있는 기둥들과 복잡하게 뒤얽힌 실들을 바라봅니다. 그곳은 아직도 에르실리아이지만 그들은 아무것도 아닙니다.

그들은 다른 곳에 에르실리아를 다시 건설합니다. 그들은 실을 가지고 예전의 도시와 유사한 형태를 짜나가지만, 그보다 더 복잡하면서 더 질서 정연하길 원합니다. 그런 다음 그들은 다시 도시를 버리고 가족과 집과 함께 더 멀리로 옮겨갑니다.

그래서 에르실리아 지역을 여행하다 보면 세월을 견뎌내지 못한 벽들도, 바람에 굴러다니는 망자의 뼈도 없는 버려진 도시의 폐허들을 만나게 됩니다. 도시는 형태를 찾는, 복잡하게 뒤얽힌 관계들의 망입니다.

도시와 눈들 3

바우치를 향해 숲 쪽으로 일곱 날을 걸어도, 여행자는 도시를 볼 수 없습니다. 그래도 그는 도착한 것입니다. 서로 멀찌감치 떨어져 있으며 땅에서 우뚝 솟아 구름 속으로 사라지는 가느다란 지주들이 도시를 지탱해 줍니다. 그 위로 올라갈 때는 조그만 사다리를 탑니다. 주민들이 땅 위에 모습을 보이는 일은 거의 없습니다. 이미 위에서 필요한 것은 모두 다 갖추고 있어서 내려오고 싶어 하지 않기 때문입니다. 사람들을 떠받치고 있는 홍학의 다리처럼 긴 지주와 맑고 화창한 날이면 나뭇잎 위에 그림을 그리는, 구멍 뚫리고 각이 진 그림자를 제외하고는 도시의 그 어떤 것도 땅에 닿지 않습니다.

바우치의 주민들에 관해 세 가지 가정을 할 수 있습니다. '그들은 땅을 증오하는 사람이다.' '땅을 너무나 존중해서 땅과의 모든 접촉을 피한다.' '그들은 자신들이 태어나기 이전 상태의 땅을 사랑해서, 아래로 향하게 고정해 놓은 망원경과 쌍안경으로 나뭇잎, 돌, 개미 들을 하나하나 살펴보면서 자신들의 부재를 황홀하게 바라본다.'는 겁니다.

도시와 이름 2

두 종류의 신들이 레안드라시를 보호해 줍니다. 두 신들은 모두 너무나 작아서 눈에 보이지 않으며 그 수가 너무 많아서 셀 수도 없습니다. 한 종류의 신들은 현관문 위에, 집 안에, 옷걸이와 우산 걸이 옆에 있습니다. 어떤 가족이 이사를 가면 그 가족을 따라가 새집 열쇠를 받을 때 그 집에 자리를 잡습니다. 다른 신들은 부엌에 있는데, 냄비 밑에 혹은 벽난로 굴뚝의 연기가 빠져나가는 부분에, 또는 빗자루를 넣어두는 창고에 숨어 있기를 좋아합니다. 그들은 집의 일부분이어서 그 집에 사는 사람들이 이사를 가면 새로 입주한 사람들과 함께 살아갑니다. 어쩌면 집이 아직 그곳에 있기도 전부터 건축부지 잡초들의 녹슨 깡통 속에 숨어 있었는지도 모릅니다. 만일 집이 허물어지고 그 자리에 오십여 가구가 살 수 있을 만큼 큰 건물이 새로 지어진다면 수없이 많은 신이 각각의 아파트 부엌에서 수없이 많은 신을 다시 만나게 될 것입니다. 이런 신들을 구별하기 위해 우리는 첫 번째 신을 페나테스, 두 번째 신을 라레스라고 부르겠습니다.

집 안에서 라레스는 항상 라레스와, 페나테스는 항상 페나테스와 지내야 할 필요는 없습니다. 두 신들은 자주 만나 회반죽을 바른 코니스 위나 난방기 파이프 위를 함께 산책하며 가정사에 대해 의견을 나눕니다. 싸우는 일도 많지만 그래도 여러 해 동안 사이좋게 지낼 수 있습니다. 두 신들이 모두 한 줄로 서 있으면 누가 라레스이고 누가 페나테스인지 구별하기 힘듭니다. 라레스들은 고향과 관습이 전혀 다른 페나테스들이, 자신들이 사는 집 안으로 지나가는 것을 봅니다. 페나테스들은 한때는 화려했지만, 이제는 쇠락한 저택에서 오만함이 뚝뚝 흐르는 라레스들과 몸을 맞대고 지내거나, 양철지붕 오두막에서 다혈질에 의심 많은 라레스들 옆에 자신들의 자리를 마련해야 합니다.

레안드라의 진정한 본질은 라레스와 페나테스들 간의 끝도 없는 논쟁의 주제에서 찾을 수 있습니다. 페나테스들은 작년에야 비로소 이 도시에 도착하긴 했지만, 자신들이 도시의 정신이라고 믿고 자신들이 이주할 때 레안드라를 가지고 갈 수 있다고 생각합니다. 라레스들은 페나테스들을 잠깐 들른 성가시고 간섭하길 좋아하는 손님들로 생각합니다. 진정한 레안드라는 바로 자신들의 것이며 레안드라에 속한 모든 것에 형태를 부여하는 신들도 자신들이라고 생각합니다. 레안드라는 침

입자들이 오기 전부터 이곳에 있었고 그들이 모두 떠나버린 후에도 이곳에 남을 것입니다.

두 신들에게는 이런 공통점이 있습니다. 그들이 머무는 가정이나 이 도시에 무슨 일이 벌어지면 늘 비난을 한다는 점입니다. 페나테스들은 노인, 증조부모, 대고모, 과거의 가족들을 들먹이고, 라레스들은 이렇게 파괴되기 전의 주위 환경을 거론합니다. 그렇지만 그들이 기억에 의존해서 사는 것만은 아닙니다. 어린이들이 어른이 되어서 어떻게 성공할지 상상해 보기도 하고(페나테스), 이 집 혹은 저 지역이 훌륭한 사람들의 손에 들어가면 어떻게 변할지를 머릿속에 그려보기도(라레스) 합니다. 특히 밤중에 귀를 기울여 보면 레안드라시의 집들에서 빠르게 소곤거리는 소리, 반박하는 소리와 조롱, 콧방귀, 빈정거리는 웃음을 받아넘기는 소리들을 들을 수 있습니다.

도시와 죽은 자들 1

멜라니아에서 광장에 들어서면 그때마다 폐하께서는 대화의 한가운데로 들어가 있는 자신을 발견하게 될 겁니다. 허풍쟁이 군인과 기식자가 집 밖으로 나오다가 게으르고 돈 잘 쓰는 청년과 창녀를 만납니다.

또는 문 앞에서 인색한 아버지가 사랑스러운 딸에게 마지막 주의를 주고 있는데, 뚜쟁이 여자에게 편지를 갖다주러 가던 바보 같은 하인이 그의 말을 가로막습니다. 몇 년 후 멜라니아를 다시 찾아도, 여전히 똑같은 대화가 계속되고 있습니다. 그사이 기식자, 뚜쟁이 여자, 인색한 아버지는 세상을 떴습니다. 하지만 허풍쟁이 군인, 사랑스러운 딸, 바보 같은 하인은 자신들의 자리를 지키고 있고, 이번에는 위선자, 믿음직한 친구, 점성술사로 대화 상대가 바뀌었습니다.

멜라니아의 주민들이 새롭게 바뀝니다. 대화를 나누던 사람들이 하나씩 죽고 그사이 대화에 참여해서 이런저런 역할을 차지할 사람들이 태어납니다. 누군가 역할을 바꾸거나 영원히 광장을 떠나거나 처음 대화에 등장할 경우 일련의 변화가 생겨 모두 다른 역할을 다시 맡게 됩니다. 그러나 그사이에도 화가 난 노인은 재치 있는 젊은 하녀에게 계속 대꾸를 하고 고리대금업자는 상속권을 박탈당한 젊은이를 끊임없이 뒤쫓아 다니고 유모는 의붓딸을 달랩니다. 그들 모두의 눈빛과 목소리는 이전 무대에서와는 전혀 다르지만 말입니다.

한 사람이 폭군, 자선가, 사자(使者)와 같은 두 가지 혹은 세 가지 역할을 동시에 맡는 경우도 종종 있습니다. 아니면 한 가지 역할이 중복되거나 배가되어 멜라니아의 수백, 수천 주민에게 할당될 수도 있습니다. 위선자 역 삼천 명, 기식자 역 삼만 명, 비천한 신분에서 인정받기만을 기다리고 있는 죽은 왕들의 자식 역 십만 명, 이렇게 말입니다.

시간이 흐르면서 역할들도 더 이상 이전과 정확히 일치하지는 않습니다. 물론 음모와 예측하기 힘든 반전을 통과하는 동안 그 역할들이 계속하는 행동은 몇몇 대단원을 향해 갑니다. 플롯이 점점 더 복잡하게 뒤얽히고 장애물이 더 많아지는 듯할 때도 여전히 그 대단원에 다가갑니다. 연속해서 광장을 지켜본 사람은 여러 막이 진행되는 동안 대화에 생긴 변화를 느끼게 됩니다. 멜라니아 주민들이 그 사실을 깨닫기에는 그들의 삶이 너무 짧지만 말입니다.

마르코 폴로가 돌 하나하나를 설명하며 다리를 묘사한다.

"그런데 다리를 지탱해 주는 돌은 어떤 것인가?"

쿠빌라이 칸이 묻는다.

"다리는 어떤 한 개의 돌이 아니라 그 돌들이 만들어내는 아치의 선에 의해 지탱됩니다."

마르코가 대답한다.

쿠빌라이는 말없이 생각에 잠긴다. 그러다가 이렇게 묻는다. "왜 내게 돌에 대해 말하는 건가? 내게 중요한 건 아치뿐이지 않은가?"

폴로가 대답한다. "돌이 없으면 아치도 없습니다."

6부

“이와 비슷한 도시를 본 적이 있는가?”

쿠빌라이가 화려하게 장식된 황제의 배 안에서 비단 캐노피 밖으로 반지 낀 손을 내밀어 운하 위에 아치 형태로 놓인 다리들과, 대리석 계단들이 물속에 잠겨 있는 제후의 궁들과, 긴 노에 밀려 지그재그로 가볍게 움직이며 오가는 작은 배들, 시장이 선 광장에 채소가 든 바구니들을 내려놓는 나룻배들, 발코니, 망루, 둥근 지붕, 종탑, 회색빛 석호에 푸른빛을 드리우는 섬의 정원들을 가리키며 물었다.

황제는 외국인 대신을 거느리고 권력을 빼앗긴 왕조들의 옛 수도이자 칸 대제의 왕관에 박힌 마지막 진주인 킨자이[8]를 방문했다.

“없습니다, 폐하.” 마르코가 대답했다. “이와 같은 도시가 있을 거

---

8) 지금의 항저우[杭州].

라고는 상상도 하지 못했습니다."

황제는 마르코의 눈빛을 살펴보려 애썼다. 그러자 외국인은 눈길을 아래로 깔았다. 쿠빌라이는 하루 종일 아무 말이 없었다.

해가 진 후 마르코 폴로는 왕궁의 테라스에서 사절로서 자신이 수행한 임무의 결과들을 보고했다. 칸 대제는 저녁마다 습관적으로 눈을 반쯤 감은 채 이 이야기를 음미하곤 했다. 그러다가 그가 처음 하품을 하면 그것이 신호가 되어 시종들은 황제의 침소인 별궁으로 황제를 모시기 위해 횃불을 밝혔다. 그러나 이번에 쿠빌라이는 피로에 몸을 맡기지 않으려는 듯 보였다. "다른 도시 이야기를 해보게." 쿠빌라이가 고집스레 말했다.

"……여행자는 그곳을 떠나 사흘 동안 북동풍과 동풍이 부는 쪽으로 말을 달렸습니다……." 마르코가 다시 말을 시작했고 여러 지역의 이름과 풍습과 물품들을 열거했다. 그는 그런 것들을 끝없이 말할 수 있었지만 이제 그만해야 했다. 새벽이 되자 폴로가 말했다.

"폐하, 이제 제가 알고 있는 도시란 도시는 폐하께 모두 말씀드렸습니다."

"아직 자네가 말하지 않은 도시가 하나 남아 있네."

마르코 폴로가 고개를 숙였다.

"베네치아." 칸이 말했다.

마르코가 미소를 지었다. "제가 폐하께 말씀드린 게 베네치아가 아니라면 무엇이었다고 생각하십니까?"

황제는 눈썹 하나 까딱하지 않았다. "그렇지만 난 자네가 그 이름을 입에 올리는 걸 한 번도 들은 적이 없네."

"도시들을 묘사할 때마다 저는 베네치아의 무엇인가를 말씀드렸습니다."

"내가 다른 도시들에 대해 자네에게 물어볼 때는 그 도시들에 대한 이야기를 듣고 싶어서야. 그러니 베네치아에 대해 물어볼 때는 베네치아 이야기를 해야 해."

"다른 도시들이 지닌 특징을 구별하기 위해서는 잠재하는 첫 번째 도시에서 출발해야 합니다. 제게 그 도시는 베네치아입니다."

"그렇다면 자네는 여행에 관한 이야기를 시작할 때 여행의 출발부터 베네치아가 어떻게 생겼는지를, 그 도시의 전부를, 그 도시에 대한 자네의 기억을 하나도 빼놓지 않고 묘사해야 할걸세."

호수에 잔물결이 일었다. 송나라 때 지은 오래된 구릿빛 왕궁의 그림자가 물 위에 떠다니는 나뭇잎처럼 반짝이는 빛 속에서 산산이 부서졌다.

"기억 속의 이미지들은 한번 말로 고정되고 나면 지워지고 맙니다." 폴로가 말했다. "저는 어쩌면 베네치아에 대해 말함으로써 영원히 그 도시를 잃어버릴까 봐 두려웠는지도 모릅니다. 아니면 다른 도시들을 말하면서 이미 조금씩 잃어버렸는지도 모릅니다."

도시와 교환 5

물의 도시 스메랄디나에서는 그물 같은 운하와 거리들이 서로 중첩되고 교차됩니다. 한곳에서 다른 곳으로 가려면 폐하께서는 언제나 육로로 갈지 배로 갈지를 선택할 수 있습니다. 스메랄디나에서는 두 지점을 잇는 가장 짧은 지름길이 직선이 아니라 여러 갈래로 구불구불 갈라지는 지그재그 길이기 때문에 행인 앞에 펼쳐진 길은 두 개만이 아니라 수없이 많으며 또한 배를 타고 와서 육로로 옮겨 가는 사람에게는 그 길의 수가 더욱 다양합니다.

그렇게 해서 스메랄디나의 주민들은 매일 같은 길을 지나는 지루함에서 해방됩니다. 그리고 이게 전부가 아닙니다. 그물망 같은 길들은 하나의 층에만 연결된 것이 아니라 오르막 내리막의 작은 계단들, 낭하, 가운데가 약간 올라간 다리, 공중에 높이 서 있는 거리들로 이어집니다. 모든 주민은 늘 똑같은 장소로 가면서도, 공중에 높이 솟아 있거나 지면에 나 있는 다양한 길의 일부분들을 조합해 매일 새로운 길을 오가며 기분 좋게 느긋한 시간을 즐길 수 있습니다. 스메랄디나의 일상적이고 조용한 삶은 반복되지 않고 흘러갑니다.

다른 도시에서와 마찬가지로 여기서도 비밀스럽고 모험적인 삶에는 큰 제약이 따릅니다. 스메랄디나의 고양이, 도둑, 불륜을 저지르는 남녀들은 높은 곳에 있는 불연속적인 길들을 따라 이동합니다. 지붕과 지붕을 뛰어넘고 옥상에서 발코니로 내려오고 줄광대 같은 걸음으로 홈통을 따라 걷습니다.

밑에서는 쥐들이 음모꾼들과 밀수업자들과 함께 꼬리에 꼬리를 물고 어두운 하수구를 달립니다. 그들은 맨홀 뚜껑과 하수구 밖으로 머리를 내밀었다가 건물들의 틈새와 좁은 골목으로 달아납니다. 치즈 껍질, 금지된 물건, 탄약통들을 이 은신처에서 저 은신처로 끌고 가며, 방사상으로 뻗은 지하도들 때문에 구멍이 난 치밀한 도시를 가로지릅니다.

스메랄디나의 지도를 그리려면 육로와 수로, 선명하게 드러난 길과 감춰진 길들을 색색의 잉크로 전부 그려야 합니다. 하지만 이것보다 더 어려운 것은 제비들의 길을 지도 위에 그리는 작업입니다. 제비들은 지붕 위로 공기를 가르며 날다가 날갯짓을 멈추고 눈에 보이지 않는 포물선을 따라 하강하더니 갑자기 방향을 바꿔 파리를 잡아먹고는, 첨탑을 스치듯 나선형으로 날아올라 공중에 있는 자신들의 모든 오솔길에서 도시의 각 지점을 전부 내려다봅니다.

도시와 눈들 4

필리데에 도착해 서로 다른 모양의 수많은 다리가 운하를 가로지르고 있는 광경을 보면 즐거우실 겁니다. 가운데가 약간 올라간 다리, 지붕이 덮인 다리, 기둥으로 떠받힌 다리, 거룻배 위에 놓인 다리, 공중 다리, 난간에 장식무늬가 있는 다리 등등을 보면 말입니다. 또 거리를 향해 있는 수없이 다양한 창문들을 보는 것도 즐거운 일입니다. 중간 기둥이 있는 창, 무어식 창, 긴 창(牕) 같은 창, 위쪽이 뾰족한 창, 반원창이나 원화창이 위에 달린 창문들이지요. 조약돌, 넓은 돌, 자갈, 흰색과 푸른색 타일 등 도로를 덮은 수많은 종류의 포장 재료들을 보는 것도 마찬가지입니다. 도시는 어디에서든 그것을 보는 사람들에게 놀라움을 선사합니다. 요새의 성벽 밖으로 뻗어나간 케이퍼, 선반 위 세 여왕의 상(像), 첨탑을 작은 양파 세

개로 장식한 큰 양파 모양의 돔들이 보입니다. "매일 눈앞에서 필리데를 바라보고 필리데가 가진 것들을 한없이 볼 수 있는 사람은 행복하겠구나." 폐하는 그저 눈으로 한번 훑어보고 도시를 떠나야 하는 상황을 아쉬워하며 이렇게 탄식할 겁니다.

그런데 폐하께서 떠나지 않고 필리데에 머물며 여생을 보내야 하는 일이 벌어집니다. 그러면 곧 도시는 폐하의 눈앞에서 빛을 잃고 원화창, 선반 위의 상, 돔들은 사라져 버립니다. 필리데의 다른 주민들처럼 폐하는 이 길에서 저 길로 이어지는 지그재그의 선을 따라가며, 햇빛이 드는 지역과 그늘진 지역을 구별할 것이고 이쪽은 문, 저쪽은 계단인 것을 알고, 바구니를 내려놓을 수 있는 벤치, 신경을 쓰지 않았다가는 발이 빠져 넘어지고 마는 구덩이를 구별하게 될 겁니다. 나머지 것들은 모두 눈에 보이지 않습니다. 필리데는 허공에 뜬 점들 사이에 길이 그려진 하나의 공간이며, 어떤 채권자의 창문을 피해 어떤 상인의 천막에 갈 수 있는 가장 짧은 길입니다. 폐하의 발걸음은 눈[眼] 밖이 아니라 안에 있고 묻혀 있으며 지워진 것을 추적합니다. 만일 두 주랑 중 하나가 유난히 더 활기차 보인다면 그것은 삼십 년 전 수놓인 긴 소매 옷을 입은 한 아가씨가 그곳을 지나갔기 때문일 겁니다. 아니면 그저, 어디인지 기억이 나지 않는 그 주랑처럼 어떤 시간에 그곳에 빛이 비추고 있기 때문일지도 모릅니다.

수백만의 눈들이 하얀 종이 위를 스쳐 지나가듯 창문, 다리, 케이퍼 위로 지나갑니다. 재빨리 눈에 담지 않으면 시야에서 사라져 버리는 필리데 같은 도시들이 수없이 많습니다.

도시와 이름 3

오랫동안 피라는 제게 경사진 만 위에 자리 잡은, 술잔처럼 오목하며, 높은 창문과 탑들이 있고 한가운데에 우물같이 깊은 광장이 있으며 그 광장 중앙에 깊은 우물이 있는 도시였습니다. 저는 이런 도시를 한 번도 본 적이 없었습니다. 피라는 제가 한 번도 가본 적이 없고 단지 그 이름으로만 상상하는 에우프라시아, 오딜레, 마르가라, 제툴리아 같은 수많은 도시 가운데 하나였습니다. 그러나 그런 도시들과는 전혀 다르면서도, 그 도시들과 마찬가지로 마음의 눈에는 독특해 보이는 도시 피라는 그들 한가운데에 자신의 자리를 차지하고 있었습니다.

제 여행이 저를 피라로 이끄는 날이 찾아왔습니다. 피라에 발을 디디자마자 저는 제가 상상했던 모든 것을 잊었습니다.

피라는 원래의 피라가 되어 있었습니다. 그런데 낮고 구불구불한 해안의 모래언덕에 가려 도시에서는 바다가 보이지 않는다는 사실을 제가 항상 알고 있었다고 생각했습니다. 길들이 길고 곧게 뻗어 있으며 그다지 높지 않은 집들이 띄엄띄엄 모여 있고 그 집들 사이의 광장에는 목재창고와 제재소가 들어서 있고, 바람이 불어 수중 펌프의 풍향계가 돌아간다는 사실도 말입니다. 그 이후로 피라라는 이름을 들으면 제 머릿속에 이런 광경, 이런 빛, 이런 윙윙거림, 누런 흙먼지가 날아다니던 이런 대기가 떠올랐습니다. 이름이 의미하는 바는 분명합니다. 이것 이외에 다른 의미일 수는 없습니다.

제 마음은 제가 보지 못했고 앞으로도 보지 못할 수많은 도시를, 어떤 형상이나 단편 또는 상상의 형상에서 나오는 빛을 지닌 이름들을 계속 간직할 것입니다. 그것은 제툴리아, 오딜레, 에우프라시아, 마르가라입니다. 만 위에 높이 서 있는 도시도 우물 주위를 에워싼 광장과 함께 계속 그곳에 있겠지만, 저는 더 이상 그 도시를 그 이름으로 부를 수 없을 것이며 어떻게 전혀 다른 의미의 이름을 거기에 붙일 수 있었는지도 기억하지 못할 겁니다.

도시와 죽은 자들 2

여행 중에 아델마까지 가본 적은 한 번도 없었습니다. 제가 배에서 내렸을 때는 해가 뉘엿뉘엿 질 무렵이었습니다. 부두에서 자기 쪽으로 날아오는 밧줄을 잡아 그것을 계선주[9]에 매는 선원은, 저와 함께 군대 생활을 하다가 지금은 세상을 뜬 친구와 닮았습니다. 생선 도매 시장이 열리는 시간이었습니다. 한 노인이 성게 바구니를 작은 수레에 싣습니다. 저는 그 노인이 누구인지 알 듯합니다. 제가 몸을 돌렸을 때 그는 골목으로 사라졌지만 저는 그가 어떤 어부와 닮았다는 사실을 알았습니다. 제가 어린 시절에도 그 어부는 이미 노인이었기 때문에 아직 살아 있을 가능성은 없었습니다. 저는 열에

9) 배를 매어두기 위해 부두나 잔교 등에 세워놓은 기둥.

들떠 머리에 담요를 뒤집어쓰고 땅에 웅크리고 앉아 있는 환자를 보고 당황했습니다. 제 아버지는 세상을 뜨기 며칠 전, 바로 이 환자처럼 덥수룩하게 수염이 자란 얼굴에 누렇게 황달이 낀 눈을 하고 있었습니다. 저는 시선을 다른 곳으로 돌렸습니다. 그 누구의 얼굴도 똑바로 쳐다볼 용기가 나질 않았습니다.

저는 이렇게 생각했습니다. '아델마가 죽은 사람들밖에 만날 수 없는, 꿈에서나 볼 수 있는 곳이라면 그 꿈은 정말 두려울 거야. 아델마가 산 사람들이 살고 있는 진짜 도시라면, 그 사람들을 계속 뚫어져라 쳐다보기만 해도 닮은 얼굴들이 사라지고 고뇌가 담긴 낯선 얼굴들이 나타나게 될 거야. 어떤 경우든 그들을 집요하게 바라보지 않는 편이 좋을 것 같군.'

어느 채소 장수 여인이 큰 저울 위에 양배추를 올려놓고 무게를 잰 뒤, 발코니에서 어떤 아가씨가 밑으로 던진, 밧줄에 매달린 바구니에 그것을 담습니다. 아가씨는 우리 고장에서 사랑에 미쳐 자살했던 여자와 똑같이 생겼습니다. 채소 장수 여인이 얼굴을 들었습니다. 그녀는 바로 제 할머니입니다.

저는 이렇게 생각했습니다. '살다 보면 자기가 알고 지냈던 사람들 가운데 산 사람보다 죽은 사람들이 더 많아지는 날이 찾아오게 돼. 그러면 마음은 다른 얼굴, 다른 표정들을 받아들이기를 거부하지. 새로운 얼굴을 만날 때마다 거기에 옛 모습을 새기고 각 얼굴에 더 적당한 가면을 찾게 되지.'

하역 작업을 하는 남자들이 목이 가는 큰 병과 통 들을 지고 그 무게에 눌려 등을 구부린 채 한 줄로 계단을 올라갑니다. 얼굴은 거친 삼베 두건에 가려져 있습니다.

'이제 등을 펴면 얼굴을 알아볼 수 있을 거야.' 저는 초조하면서도 두려운 마음으로 이렇게 생각했습니다. 그렇지만 그들에게서 눈을 떼지는 않았습니다. 좁은 골목길들을 가득 메운 사람들에게로 잠시 눈을 돌리기만 해도 멀리서 다시 등장하는 예기치 못했던 얼굴들과 부딪힐 겁니다. 그 얼굴들은 마치 자신들을 알아봐 달라는 듯, 제가 누구인지 알아보려는 듯, 마치 저를 알고 있었던 듯 저를 뚫어지게 쳐다보고 있습니다. 어쩌면 그들 각자에게 저는 이미 죽은 어떤 사람과 닮은 사람인지도 모릅니다. 저는 방금 아델마에 도착했지만 이미 그들 중 한 사람이 되었고 그들 편으로 옮겨 가서 끊임없이 변하는 눈, 주름, 찡그린 얼굴들과 뒤섞였습니다.

저는 생각했습니다. '어쩌면 아델마는 죽어가는 사람이 도착하는 도시이고 각자 자기가 알고 있던 사람들을 다시 만나는 도시인지도 몰라. 이건 나 역시 죽은 사람이라는 뜻이야.' 저는 이런 생각도 했습니다. '그리고 저승 세계가 행복하지 않다는 뜻이기도 하지.'

도시와 하늘 1

구불구불한 골목길과 계단, 막다른 골목, 오두막 들로 이루어져 위아래로 뻗어 있는 에우도시아에는 이 도시의 진정한 형태를 볼 수 있는 카펫이 하나 보관되어 있습니다. 얼핏 보기에 카펫의 디자인보다 에우도시아를 더 닮은 것은 없어 보입니다. 카펫은 대칭적인 모양으로 배치되었는데 무늬는 직선과 원을 따라 되풀이되고, 모든 날실을 따라가다 보면 씨실과 교차되는 눈부신 색깔의 실들로 짜여 있습니다. 그런데 잠시 걸음을 멈추고 주의 깊게 카펫을 관찰하신다면, 폐하께서는 카펫의 각 부분이 도시의 한 장소와 일치하고 도시에 포함된 모든 사물이 카펫의 디자인에 포함되어 있으며, 사물들의 진짜 관계에 따라 배치되어 있다는 사실을 확신하실 겁니다. 그것은 서로를 밀치며 정신없이 오가는 많은 사람 때문에 폐하께서 놓쳐버린 요소입니다. 에우도시아의 모든 혼란, 노새 울음소리, 그을음 자국들, 생선 냄새 같은 것은 폐하께서 보고 파악하신 부분적인 관점에서는 분명하게 나타납니다. 그러나 카펫은 도시가 그 자체의 진정한 비례, 아주 미세한 부분마다 내포된 기하학적인 체계를 보여주는 지점이 있다는 사실을 증명합니다.

에우도시아에서는 길을 잃기가 쉽습니다. 그렇지만 정신을 집중해서 카펫을 응시하면 주홍색이나 남색, 심홍색 실에서 폐하께서 찾고 있는 길을 발견하실 수 있습니다. 그 실은 길게 원을 그리며 폐하의 진짜 목적지인 진홍색 울타리 안으로 안내할 겁니다. 에우도시아의 주민들은 모두 카펫의 움직임 없는 질서를 자신이 도시에 대해 갖고 있는 이미지, 자신들의 고민과 견주어봅니다. 그들은 모두 아라베스크 무늬들 속에 숨어 있는 답변, 자신의 삶에 대한 이야기, 운명의 전환점을 찾을 수 있습니다.

카펫과 도시라는, 너무나 상이한 두 대상의 신비한 관계에 관해 신탁을 청했던 적이 있습니다. 신탁의 내용은 이러했습니다. 둘 중 하나는 별이 뜬 하늘과 우주가 돌아가는 궤도에 신들이 부여한 형태이며, 나머지 하나는 인간이 만든 다른 것처럼 신들이 만든 형태를 거의 똑같이 반영한다는 겁니다.

점성술사들은 이미 오래전 카펫의 조화로운 디자인은 신의 작품일 거라고 확신했습니다. 이런 의미에서 다툼을 벌이지 않고 신탁을 청했던 것입니다. 하지만 그와 마찬가지로 폐하께서는 정반대의 결론을 끌어낼 수도 있습니다. 진정한 우주의 지도는 있는 그대로의 에우도시아, 즉 구불구불 이어지는 길들, 먼지구름을 일으키며 차례로 무너지는 집들, 화재, 어둠 속의 비명 등으로 이루어져 아무런 형태 없이 번져나가는 얼룩일 수도 있다고 말입니다.

"……그러니까 자네의 여행은 정말 기억 속으로의 여행이로군!" 줄곧 귀를 기울이고 있던 칸 대제는 이야기를 하는 마르코가 한숨을 쉬려는 낌새를 알아차릴 때마다 해먹에서 일어났다. "그렇게 멀리까지 갔던 것은 향수를 달래기 위해서였어!" 이렇게 소리치기도 했다. "여행에서 돌아올 때 선창에 아쉬움만 가득 실어 가지고 왔군그래!" 그리고 빈정거리듯 이렇게 덧붙이기도 했다. "솔직히 말해 베네치아 상인이 가져온 물건치고는 보잘것없어!"

과거와 미래에 대한 쿠빌라이의 모든 질문이 향하는 지점은 바로 여기였다. 그는 한 시간 전부터 고양이가 쥐를 가지고 놀듯 마르코를 대하다가 마침내 구석으로 몰고 가서 그에게 달려들어 그의 가슴을 무릎으로 짓누르고 수염을 움켜잡았다. "자네에게서 알고 싶은 건 이런 거라고. 몰래 숨겨 가지고 온 걸 고백해 보게. 기분, 우아한 마음의 상태, 슬픔의 노래들을!"

어쩌면 이런 말과 행동은 상상에 그쳤는지도 모른다. 두 사람은 아무 말 없이 꼼짝도 하지 않고, 담뱃대에서 천천히 위로 뿜어져 올라가는 연기를 바라보았다. 연기가 한줄기 바람을 따라 흩어져 버리기도 하고 공중에 그대로 걸려 있기도 했다. 대답은 그 연기 속에 있었다.

연기를 실어 가는 바람을 맞으며 마르코는 드넓은 바다와 산맥에 자욱하게 낀 안개를 생각했다. 안개가 걷히면서 공기가 메마르고 투명해지고 그와 함께 멀리 있는 도시들이 모습을 드러내곤 했다. 그의 시선이 가 닿고 싶은 곳은 그런 변덕스러운 안개의 장막 그 너머였다. 사물들의 형태는 멀리 있을 때 더 잘 구별되었다.

또는 바람에 실려 가지 않으면 연기는 입에서 나가자마자 자욱하게 모이면서 천천히 멈춰버렸고 다른 광경을 떠오르게 했다. 대도시의 지붕 위에 고여 있는 배기가스, 흩어지지 않는 뿌연 연기, 굴뚝에서 아스팔트 거리 위로 뿜어져 나오는 무거운 유독가스가 만들어내는 광경이었다. 금방 사라지고 마는 기억 속의 안개나 건조하고 투명한 공기가 아니라, 불타버린 삶에서 타고 남아 도시에 딱지처럼 달라붙은 삶의 찌꺼기, 이제는 살아 있지 않은 생명체들로 부풀어 오른 해면, 움직이고 있다는 환영에 빠진 화석화된 존재들을 가로막는 꽉 막힌 과거와 현재와 미래. 당신이 여행의 끝에서 만나게 될 것은 바로 이러한 것들이다.

7부

쿠빌라이가 말했다.

"자네가 대체 언제 시간이 나서 지금 묘사하는 이런 도시들을 방문했는지 모르겠군. 내가 보기에 자네는 이 정원에서 한 발자국도 벗어난 적이 없는 것 같은데."

폴로가 대답했다.

"제가 보고 행한 모든 것은 정신의 공간에서 의미를 갖습니다. 이곳과 똑같은 고요와 똑같은 어스름, 살랑거리는 나뭇잎 사이로 흐르는 똑같은 침묵이 지배하는 공간입니다. 정신을 집중해 생각에 빠져 있는 순간, 저는 저녁 이 시간 이 정원에서 존귀하신 폐하 앞에 앉아 있다는 사실을 항상 깨닫기는 하지만, 한시도 쉬지 않고 악어가 득시글거리는 초록의 강을 거슬러 올라가거나 선창에 내려놓은 소금 절인 생선 통을 세고 있습니다.

쿠빌라이가 말했다.

"나 역시 내가 땀과 피로 뒤범벅된 채 내 군대의 선두에 서서 자네가 묘사해야 할 도시들을 정복하거나 포위당한 요새의 성벽을 기어오르는 공격자의 손가락을 절단내는 게 아니라, 여기 이곳에서 반암으로 만든 분수들 사이를 산책하면서 힘차게 내뿜는 분수의 메아리를 듣고 있는 게 분명한지 잘 모르겠네."

폴로가 대답했다.

"어쩌면 이 정원은 내리뜬 우리 눈꺼풀 안의 그늘 속에만 존재하는 것인지도 모릅니다. 그리고 우리는 결코 멈추지 않았습니다. 폐하는 전장에서 먼지를 일으키고 저는 먼 고장의 시장에서 자루에 담긴 후추 값을 흥정합니다. 그러나 요란한 소음과 북적이는 사람들 속에서 눈을 지그시 감을 때마다, 우리는 비단 기모노를 입고 이곳으로 다시 돌아와 우리가 보고 경험하는 것을 깊이 생각해 볼 수 있으며 결론을 내고 멀리서 바라볼 수 있게 됩니다."

쿠빌라이가 말했다.

"어쩌면 우리의 대화는 쿠빌라이 칸과 마르코 폴로라는 별명을 가진 두 거지들이 나누는 대화인지도 몰라. 두 사람은 쓰레기 더미를 뒤지고 녹슨 잡동사니, 천 조각, 폐지 들을 모아 쌓고 있네. 싸구려 포도주 몇 모금에 취한 두 사람이 주위에서 눈부시게 빛나는 동방의 보석들을 보고 있는 건지도 모르지."

폴로가 말했다.

"어쩌면 이 세상에는 쓰레기로 뒤덮인 황량한 땅과 칸 대제 왕궁의 공중 정원만 남아 있는지도 모릅니다. 우리의 눈꺼풀이 그 둘을 나누지만 어떤 게 안이고 어떤 게 밖인지는 알 수 없습니다."

도시와 눈들 5

강을 건너고 산을 넘은 여행자의 눈앞에 갑자기 모리아나 시가 나타납니다. 도시의 석고 문들은 햇빛을 받아 투명하게 빛나고, 나선형으로 장식된 박공들을 받쳐주는 산홋빛의 기둥들 그리고 메두사 모양의 샹들리에 밑에서 은빛 비늘을 가진 무희들이 헤엄을 쳐 그 그림자가 일렁이는 수족관처럼, 사면이 유리로 된 저택들이 있습니다. 이게 첫 여행이 아니라면, 여행자는 이미 이와 같은 도시들이 정반대의 면을 가지고 있다는 사실을 압니다. 도시를 반 바퀴만 돌아봐도 충분합니다. 모리아나의 숨겨진 모습, 넓은 지역을 차지한 녹슨 금속판, 삼베 자루, 못이 삐죽삐죽 튀어나온 널빤지, 검댕으로 시커먼 파이프, 깡통 더미, 빛바랜 낙서투성이의 막다른 골목, 여기저기 천이 뜯겨나가 형체만 남은 의자들, 썩은 대들보에 목을 매기에나 좋은 밧줄들의 도시를 볼 수 있습니다.

이쪽에서 저쪽으로 도시는 자신이 가진 이미지의 목록들을 몇 배로 늘려가면서 균형 있게 지속되는 듯이 보입니다. 하지만 도시는 두께가 없고 그저 종이처럼 앞면과 뒷면만으로 구성되어 있을 뿐입니다. 그 양면 여기저기에 형상들이 그려져 있는데 그것들은 서로에게서 떨어질 수도, 서로를 바라볼 수도 없습니다.

도시와 이름 4

영광스러운 도시 클라리체는 고통의 역사를 가지고 있습니다. 도시는 수없이 몰락했고 또 수없이 다시 번영했습니다. 그때마다 항상 이전의 클라리체가 어디에도 비할 바 없는 광휘의 모델로 여겨졌는데 도시의 현재를 이 모델과 비교하면 별들이 사라질 때마다 새로운 한숨만 터져 나왔습니다.

몰락의 세기에 도시는 페스트로 텅 비고, 대들보와 코니스들이 무너져 내리고 지형이 변해 그 높이도 낮아졌으며, 보수를 담당한 관리들이 게으름을 부리거나 휴가를 가버려 곳곳이 녹슬고 폐쇄되었습니다. 그러다가 생존자들 무리가 모여 있던 지하실과 굴에서부터 서서히 도시가 되살아나 다시 사람들이 살게 되었습니다. 지하실과 굴에서 생존자들은 쥐들처럼 구석구석을 뒤지고 갉아먹기 위해, 그뿐 아니라 둥지를 짓는 새들처럼 모으고 붙이기 위해서도 미친 듯이 움직였습니다. 그들은 떼어낼 수 있는 것이면 무엇에든 달라붙었고 그것을 다른 용도로 사용하기 위해 다른 곳으로 가져갔습니다. 수놓인 비단 커튼들은 이불로 사용했습니다. 대리석 납골 단지에는 바질을 심었습니다. 하렘의 창문에서 떼어낸 정교하게 세공된 쇠창살들은 장식무늬가 새겨진 나무들을 피운 모닥불 위에서 고양이 고기를 구울 때 석쇠로 이용했습니다. 쓸모없이 흩어진 클라리체의 조각조각들이 모여서 오두막과 천막과 더러운 하천과 토끼장 들 천지인, 살아남은 자들의 클라리체가 모양을 이루었습니다. 눈부시게 빛났던 옛 클라리체의 물건들은 하나도 사라지지 않은 채, 전혀 다르게 배치되기는 했지만, 예전과 마찬가지로 주민들의 필요에 딱 맞게 모두 다 거기 있었습니다.

빈곤의 시기를 뒤이어 아주 활기 넘치고 즐거운 시기가 찾아왔습니다. 볼품없는 번데기 클라리체는 화려한 나비 클라리체가 되었습니다. 새로운 풍요로 인해 도시는 새로운 자재, 건물, 물건들로 넘쳐났습니다. 외부에서 새로운 사람들이 모여들었습니다. 이전의 클라리체 혹은 클라리체들과 관련이 있는 사람이나 물건은 아무것도 없었습니다. 그리고 새로운 도시는 자신이 과거 클라리체의 이름과 장소를 당당하게 차지하면 차지할수록 과거의 클라리체에서 점점 더 멀어진다는 사실과 자신이 쥐와 곰팡이 못지않은 속도로 그것을 파괴하고 있다는 사실을 알아차렸습니다. 도시는 새로운 번영을 자랑스럽게 여기기는 하지만 마음속으로는 스스로를 이방인이자 모순된 존재이자 강탈자라고 생각했습니다.

그래서 어떤 경우일지 모르지만 필요할 때가 있을 듯해서 그대로 보관했던, 최초로 번영했던 시기의 파편들은 새로운 자리로 옮겨졌습니다. 이제 파편들은 유리 종 아래 보관되고 열쇠를 채운 유리 진열장 안에 들어 있으며 벨벳 쿠션 위에 놓여 있습니다. 그것들이 무엇엔가 아직 쓸모가 있기 때문이 아니라 사람들이 그것들을 통해 이제는 아무도 알지 못하는 도시를 재구성하고 싶어 했기 때문입니다.

또 다른 쇠락의 시기와 번영의 시기가 클라리체에서 서로의 뒤를 이었습니다. 주민들과 관습이 여러 번 바뀌었습니다. 이름, 장소, 부서지기 힘든 물건들은 그대로 남아 있습니다. 즉 생명체처럼 자신만의 향기와 호흡을 가진 견고한 새 클라리체들은 모두 이제는 파편화되고 사라진 옛 클라리체들이 남긴 유물을 보석처럼 자랑합니다. 코린트식 주두(柱頭)들이 기둥 꼭대기에 얹혀 있었던 게 언제인지 아무도 알지 못합니다. 다만 그런 주두들 중 하나가 오랫동안 닭장에서 암탉들이 알을 낳는 바구니를 놓아두는 기둥 가운데 하나였고 그러다가 주두 박물관으로 옮겨져 다른 수집품들과 나란히 전시되었다는 사실만 기억할 뿐입니다. 시대 계승의 질서는 사라져 버렸습니다. 최초의 클라리체가 있었다는 믿음이 널리 퍼졌지만, 그것을 보여줄 증거는 아무것도 없습니다. 주두들은 신전 이전에 닭장에 있었을 수도 있습니다. 대리석 단지에 먼저 바질이 자랐다가 그다음에 유골이 담겼을지도 모릅니다. 분명히 알 수 있는 사실은 이것밖에 없습니다. 어떤 숫자의 물건들이 어떤 공간 내에서 이동하면서 때로는 많은 양의 새로운 물건들에 잠식되기도 하고 때로는 다른 것으로 대체되지 않은 채 소모되어 버리기도 한다는 겁니다. 규칙은 매번 그것들을 뒤섞었다가 다시 모아보는 겁니다. 어쩌면 클라리체는 언제나 망가지고 어울리지 않고 유행 지난 물건들이 어지럽게 뒤섞여 있던 곳에 불과했을지도 모릅니다.

도시와 죽은 자들 3

에우사피아처럼 삶을 즐기고 걱정을 피하는 도시는 없습니다. 너무 갑작스레 삶에서 죽음으로 옮겨 가지 않도록 주민들은 지하에 자신들의 도시와 똑같은 도시를 건설했습니다. 누런 살가죽으로 덮인 해골만 남게 건조된 시체들은 지하로 옮겨져 그곳에서 예전에 했던 활동을 계속하게 됩니다. 예전 활동 가운데에서도 특히 근심 걱정이 없던 순간들을 좋아합니다. 그래서 그들 가운데 대부분이 잘 차려진 식탁에 둘러앉거나 춤을 추는 자세나 트럼펫을 연주하는 자세를 취합니다. 그렇기는 하지만 살아 있는 사람들이 에우사피아에서 행하던 거래와 일은 지하에서도 그대로 이어집니다. 아니, 적어도 살아 있는 사람들이 짜증을 내기보다는 만족스럽게 행했던 일들은 모두 그대로입니다. 시계 수리공은 자기 가게에서 시곗

바늘이 모두 멈춰 있는 시계에 둘러싸여 추가 제대로 움직이지 않는 괘종시계에 양피지같이 마른 귀를 갖다 댑니다. 이발사가 마른 솔로 배우의 광대뼈에 비누칠을 해주는 사이 배우는 텅 빈 눈으로 대본을 보며 자기가 맡은 역의 대사를 다시 외웁니다. 웃는 해골의 처녀는 뼈대뿐인 어린 암소의 젖을 짭니다.

물론 산 사람들 가운데에는 죽은 후 이미 경험했던 인생과는 전혀 다른 인생을 살고 싶어 하는 사람들도 많습니다. 그래서 공동묘지는 사자 사냥꾼, 메조소프라노 성악가, 은행가, 바이올리니스트, 공작부인, 정부, 장군 들로 붐빕니다. 살아 있는 사람들의 도시에서보다 훨씬 더 많은 수입니다. 죽은 사람들을 지하 도시로 데려가 원하는 곳에 자리 잡게 해주는 임무는 두건 쓴 형제 수도회에 맡겨졌습니다. 그들 이외에 죽은 자들의 에우사피아에 접근할 수 있는 사람은 아무도 없기 때문에 지하 도시에 관한 모든 일은 그들을 통해 알게 됩니다.

사람들은 이와 똑같은 수도회가 죽은 사람들 사이에도 있으며 죽은 사람들을 돕는 일을 담당한다고 합니다. 두건 쓴 형제 회원들은 죽은 뒤에도 죽은 자들의 에우사피아에서 계속 같은 임무를 맡습니다. 그들 중 몇몇 사람은 이미 죽었지만, 위아래 도시를 계속 오가고 있다는 말도 있습니다. 어쨌든 이 수도회가 산 사람들의 에우사피아에서 갖는 권위는 대단합니다.

소문에 따르면 그들이 지하로 내려갈 때마다 그곳의 에우사피아에서 항상 변화된 뭔가를 발견한다고 합니다. 죽은 사람들이 그들의 도시에 혁신을 가져온 것입니다. 많지는 않지만, 그것은 일시적인 변덕의 산물이 아니라 심사숙고를 통한 결과임이 분명합니다. 한 해 한 해 흐르면서 사람들은 죽은 자들의 에우사피아가 산 자들의 에우사피아와 다르게 변했다고 말합니다. 두건을 쓴 형제 회원들이 죽은 자들의 도시에 나타난 새로운 변화를 들려주면 산 사람들은 죽은 사람들에게 뒤떨어지지 않기 위해 그들도 그렇게 하고 싶어 합니다. 그렇게 해서 산 자들의 에우사피아는 자신의 복사판인 지하 도시를 모방하게 되었습니다.

이 일이 근래에 일어난 일은 아니라고들 합니다. 사실 죽은 자들이 자신들의 도시와 똑같은 도시를 지상에 세웠을지도 모른다는 겁니다. 이제 더 이상 두 쌍둥이 도시 중 어떤 게 산 자들의 도시이고 어떤 게 죽은 자들의 도시인지 구별할 방법이 없습니다.

도시와 하늘 2

베르사베아에는 이런 믿음이 전해져 내려옵니다. 또 다른 베르사베아가 하늘에 걸려 있는데 그 도시에서는 덕성과 가장 고귀한 감정들이 균형을 이루고 있다는 겁니다. 그리고 지상의 베르사베아가 천상의 베르사베아를 모델로 삼는다면 지상의 베르사베아는 천상의 베르사베아와 하나가 된다고 합니다. 전통적으로 널리 퍼진 베르사베아의 이미지는 은 자물쇠와 다이아몬드 문을 가진 순금 도시이며 사방에 보석이 박히고 상감무늬가 새겨진 보석 도시라는 겁니다. 그것은 가장 값비싼 재료를 가지고 더할 나위 없이 근면한 연구를 수행한 결과 탄생한 이미지입니다. 이러한 믿음에 충실한 베르사베아의 주민들은 천상의 도시를 상기시키는 모든 것에 경의를 표합니다. 값비싼 금속들과 희귀한 돌들을 모아놓고는 덧없는 안락을 포기하고 복합적인 평정심을 길러나갑니다.

그러면서도 이 주민들은 땅속에도 또 다른 베르사베아, 그들이 경멸하고 가치가 없다고 생각하는 게 전부 숨겨진 장소가 존재한다고 믿습니다. 그리고 아래쪽에 있는 쌍둥이 도시와의 모든 관계나 유사성을 위에 있는 베르사베아에서 지워버리기 위해 계속 신경을 씁니다. 그들은 지하 도시에는 지붕 대신 뒤집힌 쓰레기통이 있으며, 거기서 치즈 껍질, 기름에 전 종이, 생선 비늘, 구정물, 스파게티 찌꺼기, 낡은 붕대 들이 쏟아져 나온다고 상상합니다. 또는 바로 도시 자체의 본질이, 인간의 내장처럼 길게 이어진 지하 하수관을 따라 어두운 구멍에서 구멍으로 떨어지다가 마지막 지하 바닥으로 뚝뚝 떨어지는 역청처럼 그렇게 검고 끈적거리고 탁하다고 상상할지도 모릅니다. 그리고 바로 그 지하에서 느릿느릿 여러 겹의 둥근 원을 그리는 역청 거품들로부터 찌꺼기 도시의 건물들이 겹겹이 원을 그리며 세워진다고 상상합니다. 나선형 뾰족탑들이 서 있는 그런 건물들이지요.

베르사베아에 대한 믿음에는 진실한 부분과 거짓된 부분이 있습니다. 베르사베아가 자신을 투영한 두 도시, 천상의 도시와 지옥의 도시와 함께하는 것은 사실입니다. 하지만 그 도시의 본질에 대해서는 사람들이 잘못 알고 있습니다. 베르사베아 지하의 가장 깊숙한 곳에 둥지를 틀고 있는 지옥은 최고의 권위를 자랑하는 건축가들이 설계하고, 시장에서 가장 값비싼 자재들을 이용해 건설했습니다. 그곳은 온갖 종류의 기기와 기계 장치들과 기어들이 작동하고, 파이프와 지렛대까지 장식술과 리본과 주름 들로 꾸며진 도시입니다.

무게감을 가진 완벽함을 쌓아가는 일에 너무나 몰두한 나머지 베르사베아는 텅 빈 항아리인 스스로를 다시 채우려는 우울한 집착을 미덕으로 여깁니다. 스스로에게서 분리되고, 그것을 내버려 둠으로써 확장을 이루는 순간이야말로 너그럽게 집착을 버리는 순간들이라는 사실을 도시는 알지 못합니다. 여전히 베르사베아의 천정(天頂)에서는 도시의 부(富)로 눈부시게 빛나는 천체가 중력의 작용으로 움직이는데 그 천체를 에워싼 것은 버려진 귀중한 사물들입니다. 그 천체는 감자 껍질, 부서진 우산, 구멍 난 양말들이 펄럭이고 유리 조각, 떨어진 단추, 초콜릿 포장지가 반짝이며 기차표와 잘린 손톱과 티눈, 달걀 껍질이 뒤덮인 행성입니다. 이것이 천상의 도시입니다. 그리고 꼬리 긴 별똥별이 그 하늘을 날아갑니다. 배설할 때만 인색하지도, 탐욕스럽지도, 타산적이지도 않은 도시 베르사베아의 주민들이 할 수 있는 단 하나의 자유롭고 행복한 그 행동 덕분에 우주를 돌아다니는 별똥별들이지요.

지속되는 도시들 1

레오니아시는 매일 스스로를 새롭게 만들어갑니다. 주민들은 아침마다 깨끗한 시트에서 눈을 뜨며 포장지를 금방 벗긴 비누로 세수를 하고 새 상표의 가운을 입고 최신형 냉장고에서 아직 뚜껑을 따지 않은 캔들을 꺼내며 최신 모델의 라디오에서 흘러나오는 가장 최근에 나온 노래를 듣습니다.

보도 위에서는, 레오니아에서 나온 어제의 쓰레기들이 깨끗한 비닐봉지에 담겨 쓰레기차를 기다립니다. 눌러 짠 치약, 깨진 전등, 신문, 그릇, 포장재료 들만이 아니라 보일러, 백과사전, 피아노, 도자기 세트 같은 것들도 있습니다. 레오니아의 풍요로움은 매일 생산되고 판매되고 구매되는 상품보다 매일 새로운 것에 자리를 내주기 위해 버려지는 물건들로 가늠할 수 있습니다. 그래서 레오니아가 가장 열광하는 일이 정말 소문처럼 새롭고 다양한 물건들을 즐기는 것인지, 아니면 자꾸만 생겨나는 불순물을 내버리고, 자신에게서 멀어지게 하고, 스스로를 정화하는 것인지 자문해 보게 됩니다. 당연히 청소부들은 천사처럼 환영을 받습니다. 어제의 존재를 제거하는 그들의 임무는, 마치 신심에 영향을 주는 의식처럼 침묵으로 존중받습니다. 또는 그저 모두가 한번 버린 물건은 다시 생각하길 원치 않기 때문인지도 모릅니다.

청소부들이 매일 쓰레기를 어디로 가져가는지 궁금해하는 사람은 아무도 없습니다. 물론 그들은 도시 밖으로 가져갑니다. 하지만 매년 도시가 확장되면서 쓰레기장은 점점 더 멀리 밀려나게 됩니다. 버려지는 양이 늘어나면 늘어날수록 쓰레기 더미는 점점 더 높아지고 겹겹이 쌓이고 그 둘레가 넓어집니다. 게다가 새로운 물건들을 만드는 레오니아의 기술이 발전할수록 쓰레기의 질도 더 좋아져서 시간과 악천후와 부패와 연소에 저항력을 키워갑니다. 레오니아를 에워싼, 파괴할 수 없는 쓰레기 요새가 산맥처럼 사방에서 도시를 압도합니다.

결과는 이렇습니다. 레오니아에서 물건들을 내버리면 내버릴수록 쓰레기는 더 많이 쌓입니다. 과거의 파편들이 벗을 수 없는 갑옷으로 단단하게 굳어집니다. 도시는 매일 새로워지면서 결정적인 하나의 형태로 스스로를 완전하게 보존해 나갑니다. 그저께의, 매일의, 매년의, 십 년 전의 쓰레기들 위에 쌓이는 어제의 쓰레기 형태로 말입니다.

만약 제일 멀리 있는 쓰레기 산 너머에서, 레오니아의 청소부들과 마찬가지로 산더미 같은 쓰레기를 멀리 가져다 버려야 하는 다른 도시의 청소부들이 끝없는 쓰레기 더미 위로 밀고 들어오지 않는다면, 레오니아의 쓰레기가 서서히 세계를 침범하게 될 겁니다. 어쩌면 레오니아 경계 너머의 세계 전체가 쓰레기 분화구로 뒤덮여 있고 각각의 분화구 한가운데에는 끊임없이 쓰레기를 분출하는 대도시가 있는지도 모릅니다. 이질적이고 적대적인 도시들 사이의 경계는 오염된 성벽이며 그 성벽의 파편들은 서로를 지탱해 주기도 하고 포개지기도 하고 뒤섞이기도 합니다.

높이가 높아질수록 붕괴의 위험은 더욱 커집니다. 레오니아 쪽에서 깡통 하나, 낡은 타이어 하나, 상표가 떨어져 나간 포도주 병 하나만 굴러와도 끝입니다. 그렇게 되면 짝이 맞지 않는 신발, 지난해의 달력, 마른 꽃 들이 산사태처럼 무너져 내려, 도시는 그렇게 거부하려 애썼으나 결국 성공하지 못하고 자신의 과거 속에 잠겨버리고 경계에 접한 도시들의 과거와 뒤섞여 마침내 깨끗해질 겁니다. 이러한 재앙은 더러운 산맥들을 평평하게 만들 것이고 언제나 새 옷으로 갈아입던 대도시의 흔적들을 모조리 지워버릴 겁니다. 이미 옆 도시들에서는 불도저로 땅을 평평하게 고르고 새로운 지역으로 밀고 나아가서 도시를 확장하고 새로운 쓰레기들을 더 멀리 보낼 준비를 하고 있습니다.

폴로가 말했다. "……어쩌면 이 정원의 테라스에서는 우리 마음속의 호수만을 바라보고 있을지도 모릅니다……."

쿠빌라이가 말했다. "……지휘관으로서, 상인으로서 힘겨운 임무를 수행하기 위해 먼 곳으로 간다고 해도 우리 두 사람의 마음속에는 이 정원의 조용한 그림자, 띄엄띄엄 이어지는 이런 대화, 늘 똑같은 이런 저녁이 간직되어 있을걸세."

폴로가 말했다. "정반대의 가정을 할 수 없다면 그렇습니다. 병영과 항구에서 고군분투하는 이들은 우리 두 사람이 까마득한 옛날부터 대나무들에 에워싸인 채 꼼짝하지 않고 그들을 생각하기 때문에 존재할 뿐이라는 가정 말입니다."

쿠빌라이가 말했다. "노역, 고함, 상처, 악취가 아니라 이런 진달래만 존재한다면 그렇겠지."

폴로가 말했다. "우리가 짐꾼, 석공, 청소부, 닭 내장을 씻는 요리사, 돌 위에서 허리를 구부리고 빨래하는 세탁부, 갓난아기에게 젖을 먹이며 쌀을 휘젓는 어머니 들을 생각하기 때문에 그들이 존재하는 게 아니라면 그럴 것입니다."

쿠빌라이가 말했다. "솔직히 말해, 난 한 번도 그들을 생각해 본 적이 없네."

폴로가 말했다. "그러면 그들은 존재하지 않는 겁니다."

쿠빌라이가 말했다. "그건 우리에게 맞는 가정이 아닌 것 같군 그래. 그들이 없다면 우리는 흔들리는 이 해먹 속에 누워 있지 못했을 테니까."

폴로가 말했다. "그러면 그 가정은 배제되어야 합니다. 그러니까 다른 가정이 진짜가 됩니다. 그들은 존재하고 우리는 존재하지 않습니다."

쿠빌라이가 말했다. "우리가 이곳에 있어도 이곳에 없다는 사실을 우리가 증명했군."

폴로가 대답했다. "그런데 사실 우리는 여기에 있습니다."

8부

칸 대제의 왕좌가 놓인 바닥에는 마욜리카 도자기 타일이 넓게 깔려 있었다. 말 없는 보고자인 마르코 폴로는 제국의 국경으로 여행을 다녀오며 가져온 상품의 견본들을 그 위에 늘어놓았다. 투구, 조개, 코코넛, 부채였다. 사신은 흰색과 검은색의 타일 위에 물건들을 일정한 질서에 따라 늘어놓았다가 천천히 신중한 동작으로 그것들의 자리를 바꾸면서, 황제의 눈앞에서 자신이 여행에서 겪은 여러 일들, 제국의 상태, 멀리 떨어진 지역 수도들이 가진 특권을 나타내려 애썼다.

쿠빌라이는 예리한 체스꾼이었다. 그는 마르코의 손동작을 좇으며 어떤 체스 말이 다른 말 옆으로 가거나 멀어지는지, 어떤 선을 따라 이동하는지를 관찰했다. 그는 물건들의 다양한 형태를 무시한 채, 그것들이 서로의 관계를 고려해서 마욜리카 타일 바닥에 배치되는 방법을 파악했다. 그는 이렇게 생각했다. '모든 도시가 체스 게임 같다면 체스의 규칙을 다 알게 되는 날, 나는 마침내 내 제국을 소유하게 될 것이다. 제국에 속한 도시들을 하나하나 다 알지는 못하더라도 말이다.'

사실 마르코가 황제에게 제국의 도시에 대해 보고하기 위해 이 수많은 잡동사니에 의지할 필요는 없었다. 정확하게 구별되는 체스 말들과 체스판이면 충분했다. 모든 말에 차례로 적절한 의미를 부여할 수 있었다. 나이트는 진짜 기사를 표현할 수도 있었고 마차 행렬, 행진 중인 군대, 기마상을 표현할 수도 있었다. 퀸은 발코니에 나온 귀부인, 분수, 끝이 뾰족한 돔 지붕의 교회, 마르멜루 나무가 될 수 있었다.

마르코 폴로가 마지막 임무를 마치고 돌아오니 칸이 체스판 앞에 앉아 그를 기다리고 있었다. 칸은 손짓으로 그를 불러, 자기 앞에 앉아 그가 방문했던 도시들에 대해 체스 말만 가지고 설명해 보라고 권했다. 베네치아인은 의기소침하지 않았다. 칸 대제의 큼지막한 체스 말들은 매끄러운 상아로 만들어졌다. 마르코는 우뚝 선 룩과 어두운 나이트들을 체스판 위에 늘어놓고, 폰들을 무리 지어 빼곡하게 세워 놓고, 당당한 퀸의 걸음처럼 곧거나 비스듬한 길 들을 그리면서 달빛이 비치는 검고 흰 도시들의 원근과 공간을 재현했다.

이 완벽한 풍경들을 물끄러미 바라보며 쿠빌라이는 도시들을 지탱하고 있는 보이지 않는 질서들과 규칙에 대해 깊이 생각했다. 도시는 어떻게 탄생하고 형태를 갖추며 번영하고 계절에 순응하며 쇠락하고 소멸해 가는지 그 과정을 정하는 규칙들을 생각했다. 가끔은 끝없는 기형과 부조화 아래에 깔린 일관되고 조화로운 체계를 금방

이라도 발견할 것 같은 순간이 있었다. 그렇지만 체스 게임과 비교할 수 있는 모델은 그 어디에도 없었다. 어쩌면 상아 조각들의 보잘것없는 도움으로 어찌 되었든 잊힐 수밖에 없는 환영들을 불러내려 머리를 쥐어짜는 대신, 규칙에 따라 체스를 두고 이어지는 체스판의 상태를 셀 수 없는 형태들 가운데 하나로, 형태의 체계가 만들었다가 파괴하는 그런 형태들의 하나로 관조하는 게 훨씬 나을지도 몰랐다.

이제 쿠빌라이 칸은 마르코 폴로를 머나먼 곳으로 파견할 필요를 느끼지 않았다. 그는 폴로를 붙들고 끝없이 체스 게임을 했다. 제국에 대한 지식은 갑작스레 도약하는 나이트, 비숍들의 급습으로 뚫리는 좁은 통로, 킹과 보잘것없는 폰의 느리면서도 조심스러운 걸음, 그리고 냉정하게 승패가 교차되는 게임이 그려내는 그림 속에 숨겨져 있었다.

칸 대제는 게임에 집중하려 애썼다. 하지만 이제 게임을 해야 할 이유가 그에게서 사라졌다. 모든 게임의 결과는 승리 아니면 패배이다. 그런데 무엇을 얻고 무엇을 잃는 것인가? 진짜 판돈은 어떤 것일까? 외통수에 처했을 때, 승리자의 손을 뿌리치고 나온 왕의 발밑에는 검은색이나 흰색의 정사각형밖에 남아 있지 않다. 자신이 정복한 것을 해체하고 본질적인 것으로 환원하기 위해 쿠빌라이는 극단적인 생각을 하기에 이르렀다. 그러니까 결정적으로 정복을 했다 해도 거기서 얻은 제국의 다양한 보물들은 사람을 현혹하는 껍질에 불과하며, 그러한 정복은 대패로 민 체스판으로 환원된다는 것이다. 그러니까 무(無)로…….

도시와 이름 5

이레네는 전등불이 켜지는 시간에 고원의 가장자리 밖으로 몸을 내밀면 보이는 도시로, 공기가 맑을 때는 저 멀리 아래쪽으로 분홍빛 촌락이 선명하게 눈에 띕니다. 창문이 다른 곳보다 더 많이 모여 있는 곳, 어슴푸레한 가로등이 한적한 골목들을 비추는 곳, 정원의 그림자들이 모여 있는 곳, 탑들이 봉화를 올리는 곳 말입니다. 안개가 낀 저녁이면 흐릿한 빛이 개울가에서 우윳빛 해면처럼 번져갑니다.

고원의 여행자들, 가축을 다른 곳으로 몰고 가는 목동들, 쳐놓은 새 그물을 감시하는 새잡이들, 나물을 뜯는 은둔자들 모두 고원 밑을 내려다보며 이레네를 이야기합니다. 때때로 큰 북과 트럼펫 소리, 축제용 조명 속에서 연신 터져 나오는 폭죽 소리가 바람에 실려 오기도 합니다. 때로는 기관총을 장전

하는 소리, 내전으로 불타오르는 도시의 노란 하늘 속에서 탄약고가 폭발하는 소리가 들리기도 합니다. 고원 위에서 내려다보는 사람들은 도시에서 어떤 일이 벌어지고 있는지 추측하며, 그날 밤 이레네에 있는 게 행복한 일일지 아니면 끔찍한 일일지 자문해 봅니다. 이레네에 갈 생각은 없지만—어쨌든 아래쪽으로 이어지는 길들이 험하기도 합니다—이레네는 그 위에 있는 사람들의 시선과 생각을 끌어당깁니다.

이쯤에서 쿠빌라이 칸은 마르코가 내부에서 본 이레네의 모습을 이야기해 주길 기다린다. 그런데 마르코는 이야기를 할 수가 없다. 고원 사람들이 이레네라고 부르는 도시가 어떤 도시인지는 알 수 없다. 게다가 어떤 도시인지는 그다지 중요하지도 않다. 그 도시를 보기 위해 도시 한가운데에 서 있으면 그것은 전혀 다른 도시처럼 보일 수 있다. 이레네는 멀리서 본 도시의 이름이다. 가까이에서 본다면 도시의 이름은 달라진다.

그곳에 들어가지 않고 지나가는 이에게 도시가 이런 모습이라면, 그곳에서 나오지 않고 살아가는 사람에게 도시는 또 다른 모습일 겁니다. 처음으로 도착하는 도시가 있고 한번 떠나면 영영 돌아오지 않을 도시도 있습니다. 이런 각각의 도시는 모두 다른 이름을 가질 만한 가치가 있습니다. 어쩌면 제가 이미 다른 이름으로 이레네 이야기를 했는지도 모릅니다. 어쩌면 저는 이레네만을 이야기했을지도 모릅니다.

도시와 죽은 자들 4

아르지아가 다른 도시들과 다른 점은 공기 대신 그 자리를 흙이 차지하고 있다는 겁니다. 길들은 완전히 흙에 묻혀 있고 방은 천장까지 진흙으로 차 있으며 계단에 쌓인 진흙은 반대 모양의 계단을 만들고 돌이 뒤섞인 흙이 먹구름 낀 하늘처럼 무겁게 지붕을 짓누르고 있습니다. 벌레들이 기어다니는 구멍과 뿌리가 이리저리 뻗어나가며 생긴 좁은 틈을 주민들이 넓혀가며 시내를 돌아다니는지 어떤지는 우리가 알 수 없습니다. 습기가 인간의 몸을 망가뜨리고 기운을 빼앗아 가버립니다. 어둡기 때문에 가만히 누워 있는 게 좋습니다.

위에서 보면 아르지아는 전혀 보이지 않습니다. 어떤 사람들은 "저 흙 밑에 있다."라고 말합니다. 그러니까 우리는 그 말을 믿는 도리밖에 없습니다. 그곳은 사막처럼 황량합니다. 밤에 땅에 귀를 가까이 갖다 대면 가끔 문을 쾅 닫는 소리가 들립니다.

도시와 하늘 3

테클라에 도착하는 사람은 널빤지 울타리, 삼베 가리개, 임시가설물, 철근, 밧줄에 매달려 있거나 받침대가 떠받치는 좁은 나무통로, 사다리, 가대(架臺)들 너머에 있는 도시의 모습을 거의 볼 수가 없습니다. "테클라의 건설 공사는 왜 이렇게 오랫동안 계속되는 겁니까?" 하고 주민들에게 물어본다면, 그들은 여전히 양동이의 끈을 감아올리고 다림줄[10]을 내려뜨리고 긴 페인트 붓을 위아래로 움직이면서 이렇게 대답할 겁니다. "파괴가 시작되지 않게 하려고요." 임시가설물이 철거되자마자 곧 도시가 무너져 내리고 산산조각 날 텐데, 두렵지 않겠느냐고 물어보면 그들은 서둘러 작은 목소리로 덧붙일 겁니

10) 수직을 살펴보기 위하여 추를 달아 늘어뜨리는 줄.

다. "도시뿐만이 아닙니다."

만약 대답에 만족하지 못해 어떤 사람이 울타리의 갈라진 틈에 눈을 갖다 대면 다른 기중기를 끌어올리는 기중기, 다른 임시가설물을 에워싼 임시가설물, 다른 대들보를 지탱해 주는 대들보 들을 볼 수 있습니다. "당신들의 건축은 무슨 의미가 있나요?" 여행자가 묻습니다. "건축 중인 도시의 목적이 도시가 아니라면 뭔가요? 여러분이 보는 설계도는 어디 있죠, 청사진은?"

"오늘 공사가 끝나면 바로 보여드리지요. 지금은 일을 중단할 수 없습니다."

그들이 대답합니다.

해 질 녘에 일이 끝납니다. 건설 현장에 밤이 찾아옵니다. 별이 총총히 뜬 밤입니다.

"이게 바로 청사진입니다."

그들이 말합니다.

지속되는 도시들 2

트루데 땅을 밟았는데 큰 글자로 쓰인 도시 이름을 보지 못했다면, 저는 제가 떠나왔던 바로 그 공항에 도착했다고 생각했을 겁니다. 제가 지난 도시의 근교는 노란색과 연한 초록색 집들이 있던 다른 도시의 근교와 다르지 않았습니다. 역시 다른 도시에서 본 것과 똑같은 화살표를 따라가면 똑같은 광장의 똑같은 꽃밭을 돌게 됩니다. 시내의 거리에서는 전혀 다를 것 없는 상품, 꾸러미, 간판 들을 보게 됩니다. 트루데에 온 건 이번이 처음이지만 저는 제가 가게 될 여관을 이미 알고 있었습니다. 저는 고철을 사고팔던 상인들의 대화를 이미 들었고 그들과 이야기를 나누기도 했습니다. 그날도 다른 날들과 마찬가지로 똑같은 술잔을 통해 똑같은 무희들의 흔들리는 배꼽을 바라보며 하루를 마쳤습니다.

왜 트루데에 온 것일까? 저는 자문해 보았습니다. 저는 벌써 떠나고 싶어졌습니다.

"원할 때면 언제라도 다시 비행기를 탈 수 있습니다." 사람들이 제게 말했습니다. "하지만 당신은 트루데와 완전히 똑같은 또 다른 트루데에 도착하게 될 겁니다. 세상은 시작도 없고 끝도 없는 하나의 트루데로 뒤덮여 있을 뿐이고 단지 공항의 이름만 바뀔 뿐입니다."

숨겨진 도시들 1

올린다에서 돋보기를 가지고 걸어가며 주의 깊게 살펴보는 사람은 어느 곳에선가 핀 대가리보다 더 크지 않은 지점을 발견할 수 있습니다. 이 지점을 조금 확대해 보면 그 속에서 지붕, 안테나, 채광창, 정원, 연못, 거리를 가로지르는 횡단보도, 광장의 가판대, 경마장이 보입니다. 그 지점은 제자리에 원래의 모습대로 남아 있지 않습니다. 일 년 뒤에 그것은 레몬 반쪽 정도의 크기로, 그러다가 버섯만큼, 그리고 수프 그릇만큼 커집니다. 그리고 이제 예전 도시들에 에워싸여 그 안에서 보통 크기의 도시가 됩니다. 새로운 도시는 옛 도시의 한가운데서 점점 더 넓게 자리를 차지하고 이전 도시를 밖으로 밀어냅니다.

물론 올린다가, 매년 테두리가 늘어나는 나무의 나이테처럼 동심원으로 성장하는 유일한 도시는 아닙니다. 하지만 다른 도시들에는 한가운데 아주 좁은 원형의 옛 성벽이 그대로 남아 있어 퇴락한 종탑, 탑, 기와지붕, 돔 들이 그 위로 삐죽 모습을 드러냅니다. 그 반면 신시가들은 느슨해진 벨트에서 뱃살이 밀려나오듯 그 주변으로 그 자리를 넓혀갑니다.

올린다는 그렇지 않습니다. 오래된 성벽은 구시가를 품은 채 확장되어 나가고 구시가들은 도시 경계의 드넓은 지평선에서도 그 균형을 잃지 않으며 확대됩니다. 구시가들은 자신보다 조금 덜 오래된 구역을 에워싸는데, 이 구역들 역시 반경을 넓히기는 하지만, 그래도 내부에서 밖으로 밀고 나오는, 가장 최근에 생긴 구역에 자리를 내주기 위해 되도록 자신의 부피를 줄입니다. 도시의 가장 안쪽까지 그런 식으로 이어집니다. 완전히 새로운 올린다는 모든 게 축소된 자신의 내부에 첫 번째 올린다와 서로에게서 싹튼 수많은 올린다들의 특징과 수액의 흐름을 간직하고 있습니다. 안쪽의 가장 작은 원 속에는—하지만 이 도시들을 구분하기는 힘듭니다—미래의 올린다와 계속 성장할 올린다들이 싹트고 있습니다.

……칸 대제는 게임에 집중하려 애썼다. 하지만 이제 게임의 이유가 그에게서 사라졌다. 모든 게임의 결과는 승리 아니면 패배이다. 그런데 무엇을 얻고 무엇을 잃는 것인가? 진짜 판돈은 어떤 것일까? 자신이 정복한 대상을 해체하고 본질적인 것으로 환원하기 위해 쿠빌라이는 극단적인 생각을 하기에 이르렀다. 그러니까 결정적으로 정복을 했다 해도 거기서 얻은 제국의 다양한 보물들은 사람을 현혹하는 껍질에 불과하며, 그러한 정복은 대패로 민 체스판으로 환원된다는 것이다. 그러니까 무(無)로……

그러자 마르코 폴로가 말했다. "폐하, 폐하의 체스판은 흑단과 단풍나무로 문양을 넣은 것입니다. 폐하의 빛나는 시선을 붙잡아 두는 체스 말은 가뭄이 든 해에 자란 나무둥치의 한 층을 잘라 만든 것입니다. 나뭇결이 어떻게 배치되었는지 보시겠습니까? 여기 막 생길락

말락 한 마디가 보이는군요. 어느 이른 봄날 새싹 하나가 피어나려 했지만, 간밤의 서리 때문에 포기해야 했습니다." 그때까지 칸 대제는 이 외국인이 자기네 나라말을 그토록 유창하게 한다는 사실을 알아차리지 못했다. 그러나 그를 놀라게 한 점은 그것이 아니었다. "여기 아주 커다란 구멍이 하나 있습니다. 이것은 어쩌면 유충의 보금자리였는지도 모릅니다. 태어나자마자 계속 구멍을 팠을 테니 나무좀이 아니라 나뭇잎을 갉아먹는 유충의 보금자리였을 겁니다. 이 나무를 자르기로 선택한 것은 바로 구멍 때문입니다……. 이 가장자리는 옆의 정사각형에 붙여 더욱 도드라져 보이도록 소목장이가 둥근 끌로 조각했습니다……."

쿠빌라이는 매끄럽고 속이 빈 나뭇조각에서 읽을 수 있는 수많은 것들 속에 빠져들어 버렸다. 벌써 마르코 폴로는 흑단나무 숲, 강물들을 따라 내려오는 통나무 뗏목, 뗏목을 대는 부두, 창가에 얼굴을 내민 여인네들에 관해 이야기하고 있었다…….

9부

칸 대제는 제국과 주위 왕국의 모든 도시, 그 도시들의 저택과 거리가 상세히 그려지고 더불어 성벽, 강, 다리, 항구, 절벽들도 그려진 지도책을 가지고 있다. 칸은 마르코 폴로의 이야기를 들으며 사실 자신도 너무나 잘 알고 있는 도시들에 대한 새로운 정보를 기대하는 게 부질없는 일이라는 사실을 알고 있다. 네 개의 사원과 사계절에 따라 열리는 네 개의 성문을 가진 정사각형의 도시 세 개가 서로의 도시 속에 자리 잡은 중국의 수도 캄발루크[11]는 어떤지, 자바섬에서는 가공할 뿔을 가진 코뿔소가 어떻게 성을 내는지, 말라바르해안에서는 바다 깊은 곳에서 진주를 어떻게 채취해 올리는지를 그는 잘

11) 베이징을 지칭한다. 몽골인들이 베이징을 '칸의 대도시(Khanbalig)'라고 부른 데서 연유한다.

알고 있다.

쿠빌라이가 마르코에게 묻는다.

"서방으로 돌아가면 내게 했던 것과 똑같은 이야기를 고향 사람들에게 해줄 건가?"

"이야기하고 또 할 겁니다." 마르코가 말한다. "하지만 제 말을 듣는 사람은 자기가 기대했던 말만을 간직할 것입니다. 그것은, 지금 폐하께서 귀 기울이시는 세계를 묘사하는 말이거나 제가 돌아가는 날 저희 집 밖의 거리를 오갈 짐꾼이나 곤돌라 뱃사공들을 묘사하는 이야기일 겁니다. 또 제가 만약 제노바 해적들에게 잡혀 모험소설을 쓰는 작가와 같은 감방에서 생활하게 되었을 경우, 말년에 작가에게 들려줄지도 모를 그런 이야기입니다. 이야기를 지배하는 것은 목소리가 아닙니다. 귀입니다."

"가끔 내가 화려하면서도 보이지 않는 현재에 포로가 되어 있을 때, 그럴 때면 멀리서 자네의 목소리가 들려오지. 그 현재에서는 모든 형태의 인간 사회가 그 순환의 마지막 지점에 도달해 있는데, 앞으로 어떤 새로운 형태를 취하게 될지는 상상조차 할 수 없다네. 그래서 나는 자네의 목소리를 통해 도시들이 살았던, 그리고 어쩌면 죽은 뒤에 다시 살아나게 될 보이지 않는 이유를 듣게 된다네.

칸 대제는 전 세계가 모두 그려진 지도책을 가지고 있다. 이 지도책에는 여러 대륙, 가장 멀리 있는 왕국들의 국경선, 항로, 해안선, 유명한 대도시와 풍요로운 항구의 지도들이 가득하다. 황제는 마르코 폴로의 지식을 시험하기 위해 그의 앞에서 그것을 한 장씩 넘긴다. 여행자는 긴 해협, 좁은 만, 내해(內海)의 세 해변이 에워싸고 있는 도시를 보고 그게 콘스탄티노플이라는 사실을 알아낸다. 예루살렘이, 마주 보면서 높이가 서로 다른 두 개의 언덕 위에 자리 잡고 있다는 사실을 떠올린다. 그는 주저 없이 사마르칸트와 그 정원들을 가리킨다.

다른 도시들은 입에서 입으로 전해져 내려오는 설명에 의지하거나 몇 가지 안 되는 힌트들을 통해 알아맞힌다. 칼리프의 무지갯빛 진주들로 빛나는 그라나다, 깨끗한 북쪽의 항구 뤼베크, 흑단나무 때문에 시커먼가 하면 상아 때문에 새하얀 팀북투, 수백만의 사람들이 매일 바게트 빵을 들고 귀가하는 파리를 그렇게 알아맞힌다. 축소된 총천연색 지도에는 보기 드문 형태의 주거지들이 그려져 있었다. 사막의 모래언덕들 사이 우묵한 곳에 숨겨져 있어, 야자수 끄트머리만 간신히 보이는 오아시스는 분명 네프타이다. 유사(流砂)와 밀물 때문에 소금기가 감도는 풀밭에서 풀을 뜯는 젖소들 사이에 서 있는 성을 보면 저절로 몽생미셸이 떠오른다. 도시의 성벽 안에 서 있는 것이 아니라 자신의 벽 안에 한 도시를 품고 있는 궁전은 우르비노가 분명하다.

지도에는 마르코도, 지리학자들도 실제로 존재하는지 모르는 도시, 그리고 어느 곳에 존재하는지도 모르지만 존재할 수 있는 도시의 형태에서 빼놓을 수 없는 도시들이 그려져 있다. 방사상으로 여러 부분이 나뉘어 완벽한 교환의 질서를 반영하는 지도 같은 쿠스코, 몬테수마[12]왕궁이 내려다보이는 호숫가에 자리 잡은 푸릇푸릇한 신

12) 아스테카왕국의 마지막 황제로 몬테수마 2세(Montezuma II)는 스페인어 이름이고 나와틀어로는 모테쿠소마 쇼코요친(Motēuczōma Xōcoyōtzin, 1502~1520)이다.

록의 멕시코, 구근 같은 돔의 도시 노브고로드, 구름 덮인 세계의 지붕 위로 높이 솟은 하얀 지붕들의 도시 라싸와 같은 도시들 말이다. 마르코 역시 이런 도시들의 이름을 말한다. 그 이름이 어떤 것인지는 중요하지 않다. 그리고 그는 그런 곳에 가는 길을 암시한다. 잘 알다시피 도시의 이름은 외국어의 수만큼이나 수없이 변하며 각기 다른 곳에서 서로 다른 길들과 거리를 통해 말을 타고 마차를 타고 배를 타고 비행기를 타고 모든 도시에 도착할 수 있다.

"내가 보기에 자네는 지도 위의 도시들을 직접 방문한 사람보다 더 잘 알고 있는 것 같군."

황제가 갑자기 지도책을 덮으며 마르코에게 말한다.

그러자 폴로가 말한다. "여행하면서 사람들은 점차 차이가 사라진다는 사실을 깨닫습니다. 각각의 도시는 다른 모든 도시와 닮아갑니다. 도시들은 형식, 질서, 차이를 서로 교환합니다. 무형의 먼지가 대륙을 침략합니다. 폐하의 지도책은 그 차이들을 고스란히 간직하고 있습니다. 도시의 이름을 이루는 낱낱의 글자들과 같은 특성이 그대로 담겨 있습니다."

칸 대제는 모든 도시의 지도들을 모은 지도책을 가지고 있다. 튼튼한 토대 위에 성벽을 높이 세운 도시, 폐허로 변해 모래에 뒤덮여버린 도시, 언젠가는 존재하게 될 테지만 아직은 그 자리에 토끼 굴밖에 없는 도시들의 지도이다.

마르코 폴로는 지도책의 책장을 넘겼고 예리코, 우르, 카르타고를 알아보았으며 스카만드로스강 하구의 정박지를 가리킨다. 오디세우스가 만든 목마가 권양기에 실려 트로이 성문 안으로 끌려갈 때까지,

그리스 병사들은 그곳에서 십 년 동안 트로이를 포위하며 다시 배를 타고 돌아갈 날을 기다렸다. 그러나 그는 트로이를 말하면서 콘스탄티노폴리스처럼 이야기했고 메흐메트[13]가 여러 달 동안 그 도시를 포위해 공격하리라고 예측했다. 오디세우스같이 영리한 메흐메트가 한밤의 어둠을 이용해 보스포루스해협에서 페라와 갈라타를 돌아 금각만까지 배를 움직일 것이라고. 그와 같이 뒤섞여 버린 두 도시에서 제3의 도시가 탄생했는데 이 도시는 샌프란시스코라고 불릴 터이고 금문해협과 만 위에 기나긴 다리가 놓일 터이며 오르막길마다 전차가 올라가고 천 년 뒤 태평양의 중심 도시로 꽃필 수 있을 터이다. 황인종과 흑인종과 북아메리카 원주민과 살아남은 백인종의 자식들이 칸의 제국보다 더 광대한 제국에서 융화될 수 있는 시간인, 삼백 년의 기나긴 포위 공격이 끝난 후에 말이다.

지도는 이런 특징들을 지닌다. 그것은 아직 형태도 이름도 없는 도시의 형상을 드러낸다. 제후의 운하, 황제와 귀족의 운하로 이루어진 동심의 운하들을 품은, 반원 형태에다 북쪽으로 향한 암스테르담 모양의 도시가 있다. 황무지 고원에 자리 잡고, 탑이 높이 솟은 성벽으로 에워싸인 요크 같은 도시가 있다. 두 강 사이에 가로로 길게 놓인 섬 위에 유리와 철강 탑이 빼곡하고, 브로드웨이를 제외하고는 모두 직선의 깊은 운하 같은 길들이 나 있는, 뉴욕이라고도 불리는 뉴암스테르담 형태의 도시가 있다.

도시 형태의 목록은 무한하다. 모든 형태가 그 자신의 도시를 찾

---

13) 오스만제국의 7대 술탄인 메흐메트 2세(Mehmet II). 콘스탄티노폴리스를 함락하고 동로마제국을 멸망시켰다.

을 때까지 새로운 도시는 계속 탄생한다. 모든 형태의 변화가 끝나고 그 형태가 흩어지고 도시의 종말이 시작된다.

지도책의 마지막 페이지에는 로스앤젤레스, 교토, 오사카 같은 형태의 도시와 형태 없는 도시들의 시작도 끝도 없는 그물망들이 넘쳐난다.

도시와 죽은 자들 5

모든 도시는 라우도미아처럼 똑같은 이름의 주민들이 살고 있는 다른 도시를 곁에 두고 있습니다. 그것은 죽은 자들의 라우도미아, 즉 묘지입니다. 그러나 라우도미아가 가진 특별한 선물은 이중이 아니라 삼중의 라우도미아, 그러니까 태어나지 않은 자들의 도시인 세 번째 라우도미아를 가지고 있다는 겁니다.

이중 도시의 속성은 잘 알려져 있습니다. 산 자들의 라우도미아가 사람들로 붐비고 도시가 확장될수록 성벽 외곽의 무덤들이 자리 잡은 공간도 넓어집니다. 죽은 자들의 라우도미아의 길들은 장의사 차량이 겨우 돌아다닐 정도로 좁고 창문 없는 건물들이 길 쪽으로 줄지어 있습니다. 그렇지만 거리의 설계나 주거지의 배치 상태는 살아 있는 라우도미아를 그대로 본떴습니다. 살아 있는 도시에서와 마찬가지로 가족들은 촘촘하게 쌓인 묘지용 벽감에서 점점 더 가까이 모입니다. 화창한 날 오후에는 살아 있는 이들이 죽은 이들을 방문하고 그들의 석판에서 자신의 이름을 읽습니다. 살아 있는 사람들의 도시와 마찬가지로 이 도시도 피로, 분노, 환영, 감정 들의 역사를 이야기합니다. 다만 여기서 모든 것은 필연적이고 우연을 비켜나가며 분류되고 정돈되어 있습니다. 살아 있는 이들의 라우도미아는 자신감을 갖기 위해 죽은 이들의 라우도미아에서 자기 자신에 대한 설명을 찾아야 합니다. 아주 많은 설명이나 훨씬 적은 설명을 듣게 될 위험을 감수하고서라도 말입니다. 그것은 하나 이상의 라우도미아를 위한 설명입니다. 존재할 수도 있었고 존재하지 않기도 했던 여러 도시를 위한 설명이거나, 부분적이고 모순적이며 실망을 안겨줄 수도 있는 설명들이기도 합니다.

당연히 라우도미아는 아직 태어나지 않은 사람들에게도 똑같이 넓은 거주지를 할당해 주었습니다. 물론 공간은, 아마도 거의 무한할 태어날 사람들의 숫자에 비례하지는 않습니다. 하지만 그 공간이 텅 비어 있고 전체가 벽감과 칸과 홈으로 된 건축물로 에워싸여 있으며, 태어나지 않은 사람의 크기를 원하는 대로 생각할 수 있기 때문에, 즉 쥐처럼 크거나 누에나 개미 알만 하다고 생각할 수 있기 때문에, 태어나지 않은 사람들이 똑바로 서 있거나 돌출 부위에 또는 벽에서 툭 튀어나온 선반 위에, 주두나 주각 위에 한 줄로 혹은 여기저기 흩어져서 웅크리고 앉아 다가올 그들의 미래에 대해 골똘히 생각한다는 상상을 자연스레 할 수 있습니다. 또한 대리석 무늬를 보며 지금부터 백 년 혹은 천 년 후의 라우도미아를 생각해 볼 수 있습니다. 구경조차 한 적도 없는 차림의 군중, 예를 들면 가지색의 천을 둘렀거나 칠면조 깃털이 꽂힌 터번을 쓴 사람들로 붐비는 라우도미아를 생각할 수도 있습니다. 또 바로 그 도시에서 거래를 주고받고 복수를 하고 연애결혼이나 정략결혼을 하는 자신의 후손들, 우호적이었던 가문과 적대적이었던 가문의 후손들, 채무자와 채권자의 자손들을 발견할 수도 있습니다. 라우도미아의 살아 있는 사람들은 아직 태어나지 않은 이들의 집에 자주 들러 그들에게 의견을 묻습니다. 살아 있는 사람들의 발소리가 텅 빈 둥근 천장 밑에서 울려 퍼집니다. 질문은 침묵으로 이뤄집니다. 살아 있는 사람들은 언제나 태어날 사람이 아니라 자기 자신들에 관해 질문합니다. 화려한 명성을 남기는 일에 골몰하는 사람도 있고 자신의 수치스러운 일이 잊히도록 애쓰는 사람도 있습니다. 모든 사람은 자신의 행동이 어떤 결과를 낳았는지 그 방향을 따라가고 싶어 합니다. 그러나 눈을 가늘게 뜨면 뜰수록 계속 이어지는 흔적을 알아보기가 더욱 힘들어집니다. 라우도미아의 미래 주민들은 이전에서 혹은 이후에서 떨어져 나온, 먼지 입자들 같아 보입니다.

태어나지 않은 사람들의 라우도미아는 죽은 자들의 라우도미아처럼, 살아 있는 주민들에게 어떤 확신이 아니라 불안감만을 전합니다. 결국 방문객들 앞에 두 갈래의 길이 나타나 그들의 생각이 갈라질 뿐이고 그중 어떤 길이 더 많은 불안을 숨기고 있는지는 알 수가 없습니다. 또한 우리는 태어날 주민의 수가 살아 있는 사람들의 수와 죽은 사람들의 수를 월등히 능가하고, 그래서 눈에 보이지 않는 군중이 작은 돌구멍마다 운집해 있으며, 경기장의 관중석같이 경사진 깔때기에 가득 모여 있다고 생각합니다. 세대 변화가 있을 때마다 라우도미아의 자손들 수가 늘어나기 때문에 모든 깔때기에는 수백 개의 다른 깔때기가 포함되어 있고, 태어나야 할 수백만 명의 사람들이 그 속에서 목을 길게 빼고 숨이 막히지 않게 입을 벌리고 있다고 생각합니다. 또는 라우도미아도 언제일지는 확실히 모르지만 언젠가는 사라져 버리고, 주민들도 모두 그 도시와 함께 사라져 버린다고 생각합니다. 즉 여러 세대들이 일정한 수에 이를 때까지 계속 이어지다가 더 이상 지속할 수 없는 지점에 이르게 된다고 말입니다. 그러면 죽은 이들의 라우도미아와 태어나지 않은 이들의 라우도미아는 마치 뒤집히지 않는 모래시계의 볼록한 유리병같아집니다. 삶과 죽음을 오가는 것은 모래 알갱이가 모래시계의 잘록한 부분을 관통하는 것과 같습니다. 태어나야 할 라우도미아의 마지막 주민, 떨어져야 할 마지막 알갱이가 있을 겁니다. 그 알갱이는 이제 여기 모래 더미 꼭대기에서 기다리고 있습니다.

도시와 하늘 4

페린치아시 건설에 필요한 규정들을 정하기 위해 소집된 천문학자들은 별들의 위치에 따라 장소와 날짜를 정했습니다. 데쿠마누스[14]와 카르도[15]로 교차하는 선을 그렸습니다. 첫 번째 선은 태양의 움직임과 같게 방향을 맞추었고 두 번째 선은 천체 회전의 중심축에 방향을 맞추었습니다. 모든 신전과 모든 구역이 알맞은 성좌의 적절한 영향을 받을 수 있도록 황도십이궁의 별자리에 따라 지도를 나누었습니다. 성벽에는 성문을 낼 지점을 정해놓았는데, 다가올 천 년 동안 진행될 월식에서 각각의 성문이 어떤 배경을 만들어낼 수 있을지를 예

---

14) 로마 시대 도시에서 동서 방향의 축.

15) 로마 시대 도시에서 남북 방향의 축.

상한 것입니다. 천문학자들이 확신했듯이 페린치아는 하늘의 조화를 반영하는 도시가 될 것이며, 자연의 섭리와 신들의 은총이 도시 주민들의 운명을 결정할 것입니다.

페린치아는 천문학자들의 계산에 따라 정확히 건설되었습니다. 그리고 다양한 사람들이 이 도시로 와 정착했습니다. 페린치아에서 태어난 첫 세대는 그 성벽 안에서 성장하기 시작했습니다. 그리고 이제 이 첫 세대가 결혼하고 자식을 낳을 나이에 이르렀습니다.

페린치아의 거리와 광장에서 매일 폐하는 장애인, 꼽추, 비대한 남자, 수염 난 여자들을 만나실 겁니다. 그러나 최악의 기형아들은 눈에 보이지 않습니다. 지하실이나 곡물 창고에서 쉰 목소리로 질러대는 고함이 들려옵니다. 가족들이 머리가 세 개 달렸거나 다리가 여섯 개인 자식들을 그곳에 숨겨놓은 겁니다.

페린치아의 천문학자들은 힘든 선택에 직면했습니다. 그들은 자신들의 계산이 완전히 틀렸으며 자신들의 숫자로는 하늘을 묘사할 수 없다는 사실을 인정하거나, 이 괴물들의 도시가 신들의 질서를 반영한 것이라고 밝혀야 합니다.

지속되는 도시들 3

매년 여행 중에 저는 프로코피아에 들러 같은 여관의 같은 방에서 여장을 풀곤 합니다. 처음 왔을 때부터 저는 가만히 서서 창문의 커튼을 걷으면 창밖으로 보이는 풍경들을 바라보았습니다. 도랑, 다리, 야트막한 돌담, 마가목나무와 옥수수 밭, 열매들이 달린 조그만 검은딸기 밭, 닭장, 사다리꼴 모양의 파란 하늘 한 조각 같은 것들이었습니다. 분명히 말씀드리지만 처음에는 그 속에서 아무도 보이지 않았습니다. 일 년 후에야 움직이는 나뭇잎들 사이에서 옥수수를 먹고 있는 둥글고 밋밋한 얼굴을 구별해 낼 수 있었습니다. 다시 일 년 뒤에는 돌담 위에 세 명이 있었고 다시 돌아갔을 때는 여섯 명이 한 줄로 앉아 있는 장면을 보았습니다. 그들은 두 손을 무릎 위에 올려놓았고, 접시에는 마가목 열매가 약간 담겨 있었습니다. 매년 방에 들어갈 때마다 곧장 저는 커튼을 걷고 더 늘어난 얼굴들을 세었습니다. 도랑에 있는 사람들까지 열여섯 명이었습니다. 그 후에는 스물아홉 명이었는데 그중 여덟 명은 마가목나무 위에 앉아 있었습니다. 닭장에 있는 사람들을 계산하지 않고도 마흔일곱 명이 되었습니다. 그들은 서로 닮았고 친절해 보였으며 뺨에는 주근깨가 나 있었고 웃고 있었습니다. 검은딸기 때문에 입 주위가 시커먼 사람도 있었습니다. 저는 곧 이 얼굴이 둥근 사람들로 다리가 꽉 찬 광경을 보았습니다. 움직일 만한 공간이 더 이상 없었기 때문에 모두가 웅크리고 바짝 붙어 있었습니다. 그들은 옥수수를 물더니 옥수수 알을 뜯어먹었습니다.

그렇게 한 해 한 해 지나면서 도랑, 나무, 검은딸기 밭이 조용히 미소 짓는 얼굴들에 가려 사라지는 장면을 보았습니다. 그 얼굴 중에는 통통한 두 뺨을 실룩이며 나뭇잎을 씹는 사람도 있었습니다. 조그만 옥수수 밭 같은 그런 좁은 공간에 얼마나 많은 사람이 들어갈 수 있는지 상상도 할 수 없을 겁니다. 특히 두 팔로 무릎을 감싸 안고 꼼짝도 하지 않은 채 앉아 있을 경우에 말입니다. 그들의 수는 틀림없이 눈에 보이는 것보다 훨씬 많을 겁니다. 점점 더 많은 사람들이 언덕 등성이를 덮어버리는 장면을 보았습니다. 하지만 다리 위의 사람들이 차곡차곡 다른 사람들의 어깨 위에 걸터앉는 습관을 들이기 시작한 뒤로는 다리 너머를 볼 수가 없게 되었습니다.

올해 커튼을 걷으니, 마침내 창문은 얼굴들만으로 꽉 차 있습니다. 창문의 한쪽 귀퉁이에서 다른 쪽 귀퉁이까지, 위아래로 빼곡하게 그 둥글고 밋밋한 얼굴들이 꼼짝 않고 미소를 짓고 있습니다. 그들 사이로 앞에 앉은 사람의 어깨를 잡은 여러 개의 손들이 보입니다. 하늘도 사라져 버렸습니다. 차라리 창가를 떠나는 게 낫습니다.

움직이는 일도 쉽지 않습니다. 제 방에는 스물여섯 사람이 저와 함께 묵고 있습니다. 다리를 움직이려면 바닥에 웅크리고 앉아 있는 사람들을 불편하게 해야만 합니다. 나는 서랍장 위에 앉아 있는 사람들의 무릎과 교대로 침대에 기대고 있는 사람들의 팔꿈치 사이를 뚫고 지나가야만 합니다. 모두 친절한 게 천만다행입니다.

숨겨진 도시들 2

라이사에서의 삶은 행복하지 않습니다. 사람들은 양손을 비틀며 거리를 걸어가고, 우는 아이들에게 욕을 하며, 두 주먹으로 관자놀이를 누른 채 강가의 난간에 몸을 기댑니다. 아침에 악몽에서 깨어나면 다른 악몽이 시작됩니다. 작업대에서는 매 순간 망치에 손가락이 뭉개지거나 바늘에 손가락이 찔리는 일이 일어납니다. 상인의 장부에 혹은 은행원의 장부에 세로로 적혀 있는 숫자들이 모두 잘못 기입되어 있기도 합니다. 텅 빈 유리잔들이 줄지어 늘어선 선술집 함석 계산대 앞에서 고개를 숙인 채 노려보는 눈길들을 피할 수 있다면 그나마 다행입니다. 집 안에서의 상황은 더욱 좋지 않습니다. 그걸 알아보기 위해 집 안으로 들어갈 필요조차 없습니다. 여름이면 열어놓은 창문에서 싸우는 소리와 접시 깨지는 소리가 귀청을 찢을 듯 요란하게 들려옵니다.

그러나 라이사에서는 언제나 창가에 서서, 벽돌공이 떨어뜨린 폴렌타[16]를 받아먹으려고 차양 위로 뛰어오른 개를 보고 웃어대는 어린아이가 있습니다. 임시가설물 위에 있던 벽돌공은 정자 밑에서 라구[17]를 높이 든 젊은 선술집 여주인에게 "내 사랑, 당신의 사랑 속에 빠지게 해주오."라고 소리칩니다. 여주인은 양산을 좋은 가격으로 팔아서 기분이 좋은 우산 장수에게 그가 주문한 요리를 내줍니다. 한 귀부인이 우산 장수에게서 하얀 레이스 양산을 사더니 경마장에 뽐내며 들고 갑니다. 그녀와 사랑에 빠진 한 장교는 경마에서 장애물을 뛰어넘으며 그녀에게 미소를 지어주었습니다. 장교는 행복에 넘쳐서 장애물 위로 뛰어오르고, 자유롭게 하늘을 나는 행복한 자고새를 본 장교의 말은 그보다 더 행복합니다. 그 자고새는 화가의 새장에서 나온 행복한 새입니다. 화가는 철학자 책 속의 세밀화에 빨간색과 노란색 점으로 자고새의 깃털 하나하나를 그려 넣을 수 있어 행복했습니다. 철학자는 그 책에서 이렇게 말합니다. "슬픔의 도시 라이사에도, 살아 있는 존재와 다른 존재를 잠시 하나로 묶어주는 눈에 보이지 않는 끈이 있다. 그 끈은 곧 풀어졌다가 다시 움직이는 점들 사이로 뻗어나가면서 새롭고도 신속하게 형태를 그려낸다. 그렇게 해서 불행

---

16) 이탈리아 북부지방의 전통 음식으로 옥수수를 끓여서 만드는 죽 형태의 요리.

17) 이탈리아 북부 볼로냐 지방의 특산 요리로 파스타와 함께 전통적으로 제공되는 미트소스.

한 도시는 매 순간 자신의 존재조차 모르는 행복한 도시를 포용한다."

도시와 하늘 5

안드리아는 모든 길이 행성의 궤도를 따르고, 건물과 공동생활의 장소들은 별자리의 순서와 가장 밝은 별들인 안타레스,[18] 알페라츠,[19] 염소자리, 케페우스자리의 위치와 동일하게 인위적으로 건설되었습니다. 도시의 달력에 표시된 도시의 일과 직무와 의식 들이 그 날짜의 천체도와 상응하도록 배치되었습니다. 그렇게 땅의 낮과 하늘의 밤은 서로를 반영합니다.

세밀한 규제를 통해서이기는 하지만 도시의 삶은 천체의 움직임처럼 소리 없이 흘러가며 인간의 자의성에 좌우되지 않는 현상들이 갖는 필연성을 획득합니다. 저는 안드리아 주민들의

---

18) 전갈자리 알파의 고유명으로 전갈자리에서 가장 밝다.

19) 안드로메다자리의 알파별. 안드로메다자리에서 가장 밝다.

생산적인 산업과 편안한 정신 상태를 칭찬하며 이렇게 말하게 되었습니다. "여러분이 스스로를 불변하는 하늘의 일부로, 세밀한 시계 장치의 톱니바퀴로 생각하면서 여러분의 도시와 여러분의 습관에 작은 변화라도 생기지 않도록 얼마나 노심초사하는지 저도 잘 알겠습니다. 안드리아는 시간 속에서 꼼짝 않고 있기에 적합한, 제가 아는 단 하나의 도시입니다."

그들은 놀란 얼굴로 서로를 바라봅니다. "대체 왜 그렇다고 생각합니까? 누가 그렇게 말할 수 있단 말입니까?"

그러더니 그들은 나를 최근 대나무 숲 위에 만든 공중 거리, 시립 개 사육장 자리에 세운 그림자 극장으로 안내합니다. 이제 시립 개 사육장은 예전에 나병 환자 격리 병원으로 사용되던 자리로 옮겨졌습니다. 페스트 환자들을 치료했던 병원은 그 환자들이 모두 회복된 뒤 폐쇄되어 버렸습니다. 그리고 이제 막 배가 드나들기 시작한 하천 항구, 탈레스 상, 터보건[20] 활강장을 방문합니다.

"이런 혁신이 도시가 따르는 천체의 리듬을 깨는 것은 아닙니까?" 제가 물었습니다.

"우리의 도시와 하늘은 완벽하게 일치해서 안드리아의 모든 변화에 따라 별들도 약간 새로워집니다." 그들이 대답했습니다. 천문학자들은 안드리아에 변화가 생길 때마다 망원경으로 하늘을 자세히 관찰합니다. 그리고 신성이 폭발했다거나 멀리 떨어진 하늘의 한 외딴 지점이 오렌지색에서 노란색으로 변했

---

20) 눈 위를 활강하는 스포츠용 썰매.

다거나 성운이 확장한다거나 은하수가 나선형으로 휘었다고 알려줍니다. 별에서처럼 안드리아에서도 모든 변화는 다른 일련의 변화들을 수반합니다. 그러므로 도시와 하늘은 결코 늘 똑같은 상태일 수는 없습니다.

안드리아 주민들의 성격 중 기억할 만한 장점이 두 가지 있습니다. 바로 자신감과 신중함입니다. 그들은 도시에서의 모든 혁신이 하늘의 형태에 영향을 미친다고 확신하며 모든 결정을 하기 전에 그 결정이 그들에게 그리고 도시와 세계 전체에 초래할 위험과 이득이 무엇인지를 계산합니다.

지속되는 도시들 4

폐하께서는 제가 도시와 도시 사이에 펼쳐지는 공간에 대해서는 이야기하지 않은 채 도시 한가운데로만 폐하를 이끌었다고 저를 나무라셨습니다. 그 공간이 바다나 호밀 밭, 낙엽송 숲, 늪지로 덮여 있는지 아닌지를 말하지 않았다고 말입니다. 이제 이 이야기로 대답을 드리겠습니다.

유명한 도시, 체칠리아의 거리에서 한번은 염소지기를 만났습니다. 그는 벽에 바짝 달라붙어 딸랑딸랑 종을 울리며 염소를 몰고 있었습니다.

"하늘의 축복을 받으신 분이여," 염소지기가 걸음을 멈추고 제게 물었습니다. "우리가 있는 이 도시 이름을 말씀해 주실 수 있겠습니까?"

"신의 가호가 있기를!" 제가 큰 소리로 말했습니다. "체칠리아같이 유명한 도시를 어떻게 모르실 수 있습니까?"

"저를 불쌍히 여겨주십시오." 남자가 대답했습니다. "저는 떠돌이 목동입니다. 저와 가축들이 가끔 도시를 지나긴 하지만, 도시들을 하나하나 구별할 줄은 모릅니다. 대신 목초지 이름을 물어주십시오. 절벽 사이의 목초지, 초록 비탈, 그늘 속의 목초지 등, 목초지라면 다 알고 있습니다. 제게 도시들은 이름이 없습니다. 도시는 목초지와 목초지의 경계를 이루는 나뭇잎들이 없는 장소입니다. 염소들은 도시의 교차로에서 깜짝 놀라 뿔뿔이 흩어져 버립니다. 그러면 저와 개는 가축들을 모으러 뒤쫓아 달려갑니다."

"당신과 반대로, 저는 도시밖에 모릅니다." 제가 말했습니다. "그래서 도시 밖의 것은 구별할 수가 없습니다. 사람이 살지 않는 곳의 바위와 풀들은, 내 눈에는 다른 돌들이나 풀들과 다를 것이 없이 뒤섞여 있습니다."

그로부터 여러 해가 지났습니다. 저는 다시 많은 도시를 알게 되었고 여러 대륙을 횡단했습니다. 어느 날 똑같이 생긴 집들 사이로 난 골목을 걷다 길을 잃었습니다. 저는 지나는 행인에게 물었습니다. "신들이 가호를 베푸시길, 지금 이 도시가 어느 곳인지 말씀해 주시겠습니까?"

"체칠리아지요, 아닐 리가 없어요!" 남자가 대답했습니다. "나와 염소들은 오래전부터 체칠리아의 거리를 걷고 있습니다. 여기서 나갈 수가 없었지요……."

흰 수염이 길게 자랐지만 저는 그를 알아보았습니다. 그는 예전의 그 염소지기였습니다. 몇 마리 되지 않는 털 빠진 염소들이 그의 뒤를 따르고 있었습니다. 염소에게서는 더 이상 고약한 냄새가 나지도 않았고 뼈와 가죽만 남아 있었습니다. 염소들은 쓰레기통에서 찾아낸 구겨진 종이를 씹고 있었습니다.

"그럴 리가 없어요!" 제가 소리쳤습니다. "나 역시 언제부터인지 모르지만 한 도시로 들어가고 나면 그때부터 계속 그 도시의 거리로 깊이 빠져들어 가기만 했어요. 하지만 제가 체칠리아에서 아주 멀리 떨어진 다른 도시에 가 있었다면 어떻게 당신이 말한 이 도시에 다다른 것일까요? 그리고 어떻게 아직도 이 도시에서 나가지 못하고 있는 것일까요?"

"도시들이 서로 뒤섞였습니다." 염소지기가 말했습니다. "체칠리아는 어디에나 있습니다. 여기는 예전에 키 작은 세이지가 자라던 목초지가 틀림없습니다. 제 염소들이 교통섬의 풀들이 거기 풀들이라는 것을 알아냈거든요."

숨겨진 도시들 3

마로치아의 운명에 대해 질문을 받자 예언하는 무녀가 이렇게 말했습니다.

"두 개의 도시가 보인다. 하나는 쥐들의 도시이고 다른 하나는 제비들의 도시이다."

이 신탁은 이렇게 해석되었습니다. 현재의 마로치아는 모든 사람들이, 매우 위협적이고 게걸스러운 쥐들의 입에서 떨어지는 음식찌꺼기를 서로 빼앗아 먹으려는 쥐 떼처럼, 납으로 된 지하도로 달려가는 도시입니다. 하지만 곧 새로운 세기가 시작되는데 이 세기에는 마로치아의 모든 사람이, 장난을 치듯 서로를 부르고 날개를 움직이지 않은 채 멋지게 빙글빙글 돌고 공중에서 파리와 모기를 쫓아버리며 여름 하늘을 나는 제비처럼 날고 싶어 합니다.

"쥐의 세기가 끝나가고 제비들의 세기가 시작되는 때입니다."

결의에 찬 사람들이 말했습니다. 사실 위협적이고 비열한 쥐들이 우세하던 때는 자주 모습을 보이지 않던 사람들 사이에서 제비들같이 높이 날아오를 준비가 되어 있다는 게 느껴집니다. 꼬리를 날쌔게 움직이며 투명한 공중을 향해 올라가 칼 같은 날개로 드넓게 펼쳐진 지평선 위에 곡선을 그리는 제비들처럼 말입니다.

저는 여러 해가 지난 뒤 마로치아에 다시 가게 되었습니다. 사람들은 무녀의 예언이 오래전에 실현되었다고 생각합니다. 낡은 세기는 사라져 땅에 묻혀버렸고 새로운 세기는 절정에 이르렀습니다. 물론 도시는 변화했습니다. 어쩌면 더 나아졌는지도 모릅니다. 그렇지만 여기저기서 제가 본 날개들은 수상한 우산같이 생겼고, 그 밑에서는 무거운 눈꺼풀이 눈을 덮어버렸습니다. 자신이 날고 있다고 믿는 사람들이 있지만, 박쥐 같은 외투를 펄럭이며 땅에서 뛰어오르는 모습을 난다고 말할 수 있다면, 그렇게 생각해도 무방할 것입니다.

이런 일도 벌어지는데 폐하께서 마로치아의 단단한 벽 옆으로 지나가다 보면 예기치 않은 순간에 틈이 벌어져 거기서 다른 도시가 나타났다가 순식간에 사라져 버리는 광경을 봅니다. 어쩌면 모든 건 어떤 말을 하고 어떤 행동을 하고, 어떤 질서와 리듬에 따라 그 말과 행동을 해야 하는지에 달려 있을지도 모릅니다. 또는 누군가의 시선과 대답과 동의만 있으면 그만일 수도 있고, 누군가가 그저 그렇게 하는 게 기쁘고, 또 자신의 기쁨이 다른 사람의 기쁨이 되기도 하므로 어떤 일을 하는 것만으로도 충분할 수 있습니다. 그러면 그 순간 모든 공간이 변하고 높이와 거리도 변해 도시는 다른 형태가 되고 잠자리 날개처럼 투명하고 맑아집니다. 하지만 이 모든 일은 마치 우연처럼, 그 일에 그다지 중요성을 부여하지 않은 채, 단호하게 행동해야 한다고 주장하지도 않은 채 진행되어야 합니다. 그와 동시에 조만간 예전의 마로치아가 다시 돌아와 돌과 거미집과 곰팡이가 뒤범벅된 머리 위의 천장을 더 단단하게 만들리라는 사실을 분명히 기억해야 합니다.

신탁이 잘못된 것일까요? 물론 그렇지는 않습니다. 저는 이런 식으로 신탁을 해석했습니다. 마로치아는 두 개의 도시로 이뤄져 있습니다. 하나는 쥐들의 도시이고 하나는 제비들의 도시입니다. 두 도시 모두 시간 속에서 변화하겠지만 그들의 관계는 변하지 않습니다. 두 번째 도시는 첫 번째 도시로부터 자유로워지고 있는 바로 그 도시입니다.

지속되는 도시들 5

펜테실레아에 대해 말씀드리려면 도시에 들어가는 방법을 묘사하면서 이야기를 시작해야 합니다. 분명 폐하께서는 먼지로 뒤덮인 평원에 높이 솟은 성벽을 발견하리라고 생각하실 겁니다. 벌써 폐하의 짐을 삐딱한 눈으로 보면서 폐하를 의심의 눈초리로 살피는 세관원의 감시를 받으며 성문에 한 걸음 한 걸음 다가가는 상상을 하실 겁니다. 성문에 도착하실 때까지 폐하는 밖에 있는 겁니다. 아치 길을 지나면 도시 안에 들어갑니다. 견고하고 두꺼운 성벽이 폐하를 에워싸고 있겠지요. 성벽의 돌에 그림 하나가 새겨져 있는데 들어가기도 하고 나오기도 한 그 선을 따라가다 보면 도시가 폐하의 눈앞에 드러날 거라고 생각하시겠지요.

이렇게 믿는다면 폐하께서는 잘못 생각하시는 겁니다. 펜테실레아에서는 다릅니다. 폐하께서 몇 시간을 앞으로 걸어가도 도시 안에 있는 건지 아니면 아직도 도시 밖에 있는 건지 분간하기 어렵습니다 가장자리가 낮은 호수가 늪이 되어버리듯, 펜테실레아는 주변으로 몇 킬로미터나 퍼져나가 평원에 수프처럼 번져갑니다.

판자로 울타리를 치고 골함석으로 지붕을 얹은 생기 없는 색깔의 집들은 지저분한 풀밭에서 서로 등을 맞대고 있습니다. 가끔 길가에 빼곡히 서 있는 건물들의 정면은 하나같이 볼품이 없습니다. 아주 높거나 아주 낮아 이 빠진 빗처럼 들쭉날쭉한 그 건물들은 얼마 지나지 않아 도시가 만드는 그물망이 촘촘해지리라는 사실을 의미하는 듯합니다. 하지만 계속 걸어가다 보면 불명료한 지역을 발견할 테고 녹슨 공장과 창고들이 늘어선 교외, 묘지, 회전목마가 있는 시장, 도살장을 만나게 될 겁니다. 그리고 초라한 가게들이 늘어선 거리로 들어갈 겁니다. 그 거리는 얼룩처럼 드문드문 잡초가 자라는 들판으로 이어지며 사라집니다.

사람을 만나, "펜테실레아로 가려면 어디로 가야 합니까?" 하고 물어본다면 사람들은 몸짓으로 온 사방을 다 가리킬 겁니다. 폐하께서는 그 몸짓이 "여깁니다." 혹은 "조금 더 가면 돼요." 또는 "당신 주변이 모두 펜테실레아입니다." 또는 "반대편으로 가세요."라는 뜻이라는 사실을 알지 못할 것입니다.

"나는 도시를 말하는 겁니다." 폐하께서 집요하게 묻겠지요.

"우리는 매일 아침 이곳에 일을 하러 옵니다." 이렇게 대답하는 사람도 있을 것이고 또 어떤 사람들은 이렇게 대답할 겁니다. "우리는 여기에 잠을 자러 돌아왔습니다."

"그럼 사람들이 사는 도시는 어딥니까?" 폐하께서 묻습니다.

"저쪽이 틀림없습니다." 그들이 말합니다. 한 팔을 비스듬히 들어 지평선에 모여 있는 불투명한 다면체들을 가리키는 사람이 있는가 하면 폐하의 등 뒤로 유령같이 뾰족 솟은 다른 탑들을 가리키는 사람도 있습니다.

"그럼 나도 모르는 사이에 내가 도시를 지나왔단 말입니까?"

"아니요. 앞으로 좀 더 가보도록 하세요."

그래서 폐하는 계속 걸어가면서 도시 주변 지역들을 차례로 지납니다. 그러다가 펜테실레아를 떠나야 할 시간이 찾아옵니다. 폐하께서는 도시에서 나가는 길을 물어봅니다. 우윳빛 물감들이 뿌려진 것처럼 여기저기 길게 흩어진 교외를 다시 지납니다. 밤이 찾아옵니다. 드문드문 보이기도 하고 다닥다닥 붙어 있기도 한 창문들에 불이 환히 켜집니다.

폐하께서는 펜테실레아가 이와 같이 황폐한 지역의 깊숙한 곳이나 가려진 곳에 숨어 있어 이미 와본 적이 있는 사람들이나 알아볼 수 있고 기억할 수 있게 존재하는 건지, 아니면 펜테실레아가 그저 도시 주변 지역으로만 존재할 뿐이어서 어디엔가 그 중심부가 따로 있는 게 아닌지를 이해하려고 애쓰다 그만 포기합니다. 이제 더 고통스러운 의문이 폐하의 머릿속을 갉아먹기 시작합니다. 펜테실레아 밖에는 진짜 다른 외부가 있을까? 이 도시에서 아무리 멀어져도 그건 그저 한 외곽 지역에서 다른 외곽 지역으로 옮겨 가는 과정에 불과해서 절대 이 도시를 벗어날 수 없는 것은 아닐까?

숨겨진 도시들 4

도시의 역사가 시작된 이래 수백 년간 테오도라시는 끊임없는 침략에 시달려 왔습니다. 하나의 적을 쫓아내고 나면 곧 바로 다른 적이 힘을 되찾아 주민들의 생존을 위협했습니다. 하늘에서 콘도르가 사라지면 번식한 뱀들과 대결해야만 했습니다. 거미를 박멸하고 나면 파리가 시커멓게 떼로 번져나갔습니다. 흰개미에 승리를 거두고 난 뒤 도시는 나무좀의 손에 넘어갔습니다. 도시와 양립할 수 없는 온갖 종류의 동물들이 차례로 굴복해 멸종되어 갔습니다. 비늘을 떼어버리고 껍질들을 찢어버리고 겉날개와 깃털들을 뽑아버림으로써 사람들은 테오도라에 인간들만의 도시라는 유일한 이미지를 부여했고 여전히 그런 특징을 가지고 있습니다.

하지만 처음에는 아주 오랜 기간, 도시를 차지하기 위해 인간과 경쟁했던 마지막 동물인 쥐들에게서 최종적인 승리를 거둘 수 있을지 확신할 수 없었습니다. 각 세대의 쥐들이 인간들에게 멸종당했지만 그때마다 살아남은 몇 마리가 더욱 전투적이고 쥐덫에도 끄떡없으며 온갖 쥐약에도 내성이 생긴 새끼들을 낳았습니다. 불과 몇 주 사이에 테오도라의 지하에는 다시 번식한 쥐 떼가 넘쳐났습니다. 결국 대량학살과 더불어, 인간들이 만든 치명적인 다목적 장치가 끈질긴 생명력을 지닌 적들의 숨통을 끊어놓았습니다. 동물 왕국의 거대한 묘지인 도시는 마지막 벼룩과 마지막 세균들과 함께 묻힌 마지막 동물의 사체들 위에서 무균상태로 폐쇄되었습니다. 마침내 인간은 스스로 전복한 세계의 질서를 재정립했습니다. 그 질서에 의심을 품을 만한 생물은 전혀 존재하지 않았습니다. 한때 동물들 세상이었던 도시를 기억하기 위해 테오도라의 도서관은 서가에 뷔퐁[21]과 린네[22]의 책들을 보관할 것입니다.

그렇게 해서 테오도라의 주민들은 적어도, 잊힌 동물들이 긴 잠에서 다시 깨어나고 있다는 가정은 자신들과는 상관없다고 생각했습니다. 지금은 멸종한 종족에게 추방당한 뒤 오랫동안 외딴 은신처에 몸을 숨기고 있던 또 다른 동물들이, 초판본 서적이 보관된 도서관 지하에서 다시 빛을 보게 되었습니다. 동물들은 주두와 홈통에서 뛰어내려 잠든 사람의 머리맡에 웅크리고 앉았습니다. 스핑크스, 그리핀, 키메라, 큰

---

21) 조르주루이 르클레르 드뷔퐁(Georges-Louis Leclerc de Buffon, 1707~1788). 프랑스의 철학자, 박물학자.

22) 칼 폰 린네(Carl von Linné, 1707~1778). 스웨덴의 박물학자, 식물학자.

뱀, 하르피이아, 히드라, 유니콘, 코카트리케 들이 자기 도시의 소유권을 되찾아 가고 있었습니다.

숨겨진 도시들 5

트리글리프,[23] 아바쿠스,[24] 메토프,[25] 고기 가는 기계의 톱니바퀴들로 장식된 부정한 도시 베레니케에 대해 말씀드리기보다는 (윤을 내는 남자들이 난간 위로 턱을 들고 로비, 계단, 신전들을 바라볼 때면, 그들은 더욱더 자신들이 갇힌 것 같은 생각이 들고 키가 더 작아지는 듯한 기분을 느낍니다.) 정의로운 사람들의 도시인 숨겨진 베레니케를 말씀드리는 게 좋을 듯합니다. 숨겨진 베레니케의 사람들은 가게 뒤나 계단 아래 그늘 속에 있는 임시변통 가능한 물건들을 이용해서 철사와 파이프와 도

---

23) 도리아 건축 양식에서 세로로 세 줄의 홈이 있는 돌기석. 메토프와 함께 프리즈에서 작은 사각형 공간을 만든다.

24) 들보 받침판.

25) 도리아 양식에서 두 개의 트리글리프 사이에 있는 작은 사각형 벽면.

르래와 피스톤과 평형추 들의 망을 연결하는데, 그 망은 커다란 톱니바퀴 사이를 타고 오르는 덩굴식물처럼 서로 뒤얽힙니다. (톱니바퀴가 맞물려 더 이상 움직이지 않을 때 나는 차분한 똑딱 소리는, 정확하고 새로운 메커니즘이 도시를 지배하고 있음을 알려줍니다.) 저는 부정한 베레니케의 온천장을 폐하께 소개하지 않을 겁니다. 부정한 베레니케의 사람들은 온천장의 향기 나는 욕조 가장자리에 누워 화려한 달변으로 자신들의 음모를 계획하고, 목욕하고 있는 첩들의 통통한 몸을 주인의 시선으로 바라봅니다. 그 대신 저는 밀고자들의 고발과 경찰 앞잡이들의 감시망을 피하기 위해 항상 신중하게 행동하는 정의로운 사람들이 서로를 어떻게 알아보는지 말씀드리겠습니다. 이들은 특히 말과 말 사이를 끊고 여백을 주는 말투를 통해 상대를 확인합니다. 또한 복잡하고 어두운 정신 상태를 배제하면서 금욕적이면서 순수하게 지켜오는 습관들을 통해, 그리고 오래전의 전성기를 떠오르게 하는 간소하지만 맛있는 요리, 쌀과 셀러리로 만든 수프, 삶은 잠두콩, 튀긴 호박꽃 같은 요리로 서로를 알아보기도 합니다.

이러한 자료들을 통해 미래의 베레니케의 이미지를 유추해 볼 수 있습니다. 미래의 베레니케는 오늘날 볼 수 있는 도시에 대한 그 어떤 정보보다도 더 폐하를 진실에 가까이 데려갈 겁니다. 그렇지만 지금부터 제가 드리는 말씀을 잊지 않고 명심하셔야 합니다. 정의로운 사람들의 도시에서 돋아나는 새싹 속에는 사악한 씨앗이 숨겨져 있습니다. 자신들이 정의롭다는, 그리고 가장 정의롭다고들 하는 다른 어떤 사람들보다도 더 정의롭다는 확신과 자만심이 분노와 적대심과 원한으로 변해 끓어오르고, 부정한 사람들에 대한 자연스러운 복수심은 그들과 똑같이 행동하고 싶다는 광적인 바람으로 물듭니다. 처음의 도시와는 다르지만 어쨌든 부정한 또 다른 도시가 부정하면서도 정의로운 베레니케라는 이중의 껍질 속에서 스스로 공간을 마련해 가고 있는 것입니다

이렇게 말했지만 저는 폐하의 시선이 기형적인 이미지를 포착하길 원치 않습니다. 그러니까 비밀스러운 정의의 도시 속에서 은밀하게 싹트고 있는 부정한 도시의 본질적인 특징 쪽으로 폐하의 관심을 돌려야 합니다. 그렇게 하면 마치 기분 좋게 창문을 열 때처럼, 숨어 있던 정의에 대한 사랑이 깨어날 수 있습니다. 아직은 규율에 종속되지 않고, 부당함을 담는 그릇이 되기 전보다 훨씬 더 정의로운 도시를 재구성할 수 있게 해주는 정의 말입니다. 하지만 이런 정의의 새싹을 다시 한 번 속속들이 찬찬히 살펴보면, 부정한 것을 통해 정의로운 것을 부여하는 경향이 점점 커지듯이, 희미한 얼룩이 차츰 퍼져 나가는 사실을 발견할 수 있습니다. 그리고 어쩌면 이 조그만 얼룩이 거대한 대도시의 기원일지도 모릅니다…….

제 이야기를 통해 폐하께서는 진정한 베레니케는 서로 다른 도시들이 시간 속에서 연달아 이어지는 곳이라는 결론을 끌어낼 수 있으실 겁니다. 그러니까 정의로운 도시와 부정한 도시가 교대로 이어지는 것이지요. 그러나 제가 알려드리고 싶은 이야기는 다른 것입니다. 미래의 모든 베레니케는 이미 이 순간에, 서로가 서로에게 감싸여 밀접하게 서로를 압박

하며 서로에게서 벗어날 수 없는 상태로 존재하고 있다는 겁니다.

칸의 지도책에는 머릿속에서는 이미 방문했지만, 실제로는 아직 발견되지 않았거나 건설되지 않은 '약속의 땅'들의 지도도 포함되어 있었다. 바로 뉴아틀란티스, 유토피아, 태양의 도시, 오세아나, 타모에, 뉴하모니, 뉴래너크, 이카리아 같은 도시들이다.

쿠빌라이가 마르코에게 물었다. "자네는 여러 도시를 탐험했고 그 흔적들을 보았을 테니, 순풍이 이러한 미래의 항구 중 어느 곳으로 우리를 이끌어갈지 말해줄 수 있을 테지."

"저는 이러한 항구들로 가는 길을 지도 위에 그릴 수도, 상륙할 날짜를 정할 수도 없습니다. 이따금 제게 필요한 것은 짧은 응시, 희한한 풍경의 한가운데로 나 있는 지름길, 안개 속에서 반짝이는 햇빛, 오가다 만난 두 행인의 대화가 전부라고 생각합니다. 거기에서 출발해서 한 조각 한 조각 완벽한 도시를 맞춰나갈 수 있다고 생각합니다. 나머지 것들과 뒤섞인 파편들, 불연속적인 순간들, 누군가 보내지만 그걸 받는 사람은 알아차리지 못하는 신호들로 이루어진 완벽한 도시를 말입니다. 제가 여행하려는 도시가 공간과 시간 속에서 불연속적이고 어떨 때는 흩어져 있기도 하고 어떨 때는 한데 모여 있다고 폐하께 말씀드린다 해도, 폐하께서는 그런 도시를 찾는 일을 중단할 수 있다고 생각하셔서는 안 됩니다. 지금 우리가 이렇게 대화를 나누고 있는 사이에도 도시는 폐하의 제국 국경 내 여기저기에서 생겨나고 있을지도 모릅니다. 폐하는 그런 도시를 추적하실 수 있지만 제가 말씀드린 방법대로만 하셔야 합니다."

칸 대제는 이미 악몽과 저주로 위협을 가하는 에녹, 바빌로니아, 야후의 나라, 부투아, 브레이브 뉴 월드(Brave New World) 같은 도시들의 지도를 넘기고 있었다.

칸 대제가 이렇게 말한다. "최후의 상륙지가 지옥의 도시일 수밖에 없다면 모든 게 부질없는 짓이지. 결국 그곳에서 바닷물이 점점 더 좁아지는 나선형 소용돌이 속으로 우리를 빨아들이고 말 테니까 말이야."

그러자 폴로가 대답한다. "살아 있는 사람들의 지옥은 미래에 존재하는 어떤 장소가 아닙니다. 지옥이 있다면 이미 이곳에 있습니다. 우리는 날마다 지옥에서 살고 있고 함께 지옥을 만들어가고 있습니다. 이런 지옥의 고통에서 벗어날 방법은 두 가지입니다. 첫 번째 방법은 많은 사람이 쉽게 할 수 있습니다. 그것은 바로 지옥을 받아들이고 그것의 일부가 되어 지옥이 더 이상 보이지 않도록 만드는 방법입니다. 두 번째 방법은 위험하고 주의를 기울여야 하며 계속 배워나가야 합니다. 즉 지옥의 한가운데서 지옥 속에 살지 않는 사람과 지옥이 아닌 대상을 찾아내고 구별할 줄 아는 것입니다. 그러고 나서 그들과 그런 상황이 계속 유지될 수 있도록 공간을 제공하는 것입니다."

작품 해설

현실 속에 자리 잡은 유토피아를 찾아서

이탈로 칼비노의 『보이지 않는 도시들』은 마르코 폴로가 중국의 황제 쿠빌라이 칸에게 자신이 여행했던 도시들의 이야기를 들려주는 형식으로 이루어졌다. 화자인 마르코 폴로의 여행은 기억과 무의식 속으로의 여행이다. 따라서 이탈로 칼비노가 그리는 '보이지 않는 도시들'은 현실에서 볼 수 있는 도시가 아니라 환상적인 가상의 도시들이다.

소설은 총 9부로 구성되었는데 각 부의 시작과 끝에 마르코 폴로와 쿠빌라이 칸의 대화가 자리 잡은 액자구조이다. 틀 서사에서 마르코와 쿠빌라이는 행복과 질서 그리고 불행과 혼돈이 공존하는 공간, 선과 악이 얽혀 있는 공간으로서의 도시에 대해 성찰하는 대화를 나눈다. 마르코는 이야기하고 쿠빌라이는 책을 읽는 독자처럼 주의와 관심을 기울이며 그 이야기를 듣는다.

아홉 개의 부마다 다섯 개의 도시가 묘사되고 1부와 9부에는 열 개의 이야기가 담겨 있어 모두 55개의 도시가 다루어진다. 도시는 모두 여성의 이름을 지녔으며 그 도시들은 '기억', '욕망', '기호', '교환', '눈', '이름', '죽은 자', '하늘' 같은 명사와 '섬세한', '지속되는', '숨겨진' 같은 형용사로 이루어진 제목과 함께 번호가 매겨져 번갈아 가며 등장한다. 이렇게 『보이지 않는 도시들』은 기하학적이고 대칭적인 구조를 일관되게 유지하고 있다. 각 부의 앞과 뒤에 등장하는 마르코 폴로와 쿠빌라이 칸의 대화는 바로 그 부에서 다루는 도시들에 대한 설명으로, 의미를 파악하기 위한 실마리를 제공한다. 텍스트의 외적 구조는 이와 같이 엄격한 체계에 따라 계획되었지만 텍스트의 내부는 다양한 의미를 생산할 수 있는 열린 공간으로 존재한다.

칼비노는 "책은 시작과 끝이 있는 무엇인가이며 (그것이 엄밀한 의미의 소설이 아니더라도) 독자가 들어가서 이리저리 돌아다니고, 심지어 길을 잃기도 하다가 어느 순간 하나의 출구를, 혹은 여러 개의 출구를 찾는, 밖으로 나갈 수 있는 길을 만들 가능성을 찾는 공간"이라고 말하면서 독자가 자신의 텍스트로부터 다양한 의미를 도출해 낼 수 있기를 원한다. 즉 독자는 작가로부터 의미를 전달받기만 하는 것이 아니라 독서를 통해 작가와 함께 새로운 텍스트를 만들어나갈 수 있다.

『보이지 않는 도시들』에 등장하는 도시들은 비연속적인 시공간 속에 존재한다. 그리고 도시를 묘사한 짧은 텍스트 하나

하나가 연속적으로 다른 텍스트들에 근접해 있는 다면적인 구조를 구축하고 있다. 그러나 이 도시들의 연속성은 논리적 귀결이나 위계질서를 내포하는 것이 아니라, 다양한 노선들을 추적하고 다양하고 갈래지은 결론들을 끌어낼 수 있는 그물망을 의미한다. 이 그물망 속에서 독자는 하나가 아닌 여러 갈래의 길들을 따라 여행할 수 있으며 다양한 결론에 도달할 수 있다. 즉 독자가 어떤 기호, 정보, 메시지, 암호들을 어떻게 '조합'하느냐에 따라 전혀 다른 의미가 생산되는 것이다.

칼비노는 도시에 대해 이렇게 말한다.

> 도시는 기억, 욕망, 기호 등 수많은 것들의 총체이다. 도시는 경제학 서적에서 설명하듯 교환의 장소이다. 하지만 이때 교환의 대상이 되는 것은 물질적인 것만이 아니다. 언어, 욕망, 추억들도 교환될 수가 있다. 내 책의 이야기들은 계속 형태를 취했다가 사라지는, 불행한 도시 속에 숨어 있는 행복한 도시들의 이미지 위에서 펼쳐진다.

도시에 관한 칼비노의 이와 같은 성찰과 경험과 가정 들을 모두 담은 『보이지 않는 도시들』에는 과거와 현재와 미래의 도시들이 투영되어 있다. 이러한 도시들 속으로 떠나는 마르코 폴로의 여행은 사실 기억 속으로의 여행이며 무의식으로의 여행이다. 그렇다면 마르코 폴로는 왜 이런 여행을 떠나는 걸까? '도시와 기억'에 속하는 첫 번째 도시 디오미라에서 그 심리적인 이유가 잘 묘사되어 있는데, 그는 행복을 찾기 위해 여행을 한다. 마르코 폴로는 기억을 통해서나마 지금은 사라져 버린 행복을 되찾으려 한다. 하지만 잃어버린 행복은 환영에 불과하고 과거에도 경험하지 못했을 수도 있다. 행복 추구는 결국 유토피아에 대한 탐구로 이어진다. 마르코 폴로는 끔찍한 경험의 도시, 현실의 도시에서 완벽한 도덕적 이상이 살아 있고 조화로운 인간적인 차원의 도시를 찾으려 한다.

칼비노는 마르코 폴로와 쿠빌라이 칸의 대화 속에만 존재하는 환상의 도시들로 떠나는 여행을 통해 자신이 도시에서 찾고자 했던 이미지들과 특성들을 그려낸다. 그는 이상적인 도시뿐만 아니라 결함이 많은 현대 도시들을 보여주면서 도시가 근원적으로 지녀야 할 가치들을 제시한다. 『보이지 않는 도시들』에 등장하는 긍정적인 이미지의 도시들은 공간 및 그 도시 주민들과 조화를 이루며 존재하지만, 부정적인 이미지의 도시들은 끊임없는 모순 그리고 환경과의 부조화를 드러낸다. 끝없이 팽창하고 반복되고 재생되는 거대한 도시들(트루데, 레오니아, 체칠리아)은 기형적으로 팽창해 나가서 자연의 공간마저 잠식해 버리고 그 안에 사는 구성원들을 빈곤하게 만드는 현대 도시를 상징적으로 보여주고 있다. 그렇다면 미래의 도시들은 완벽하게 이상적으로 건설될 수 있는 것일까? 칼비노는 부정적인 현재의 도시에서도 긍정적인 요소를 찾아낼 수 있듯이, 완벽을 지향하는 미래의 도시에서도 불행의 존재는 필수적이라고 말한다. 그러므로 칼비노가 추구하는 유토피아는 행복과 질서와 더불어 불행과 무질서가 공존하는 곳이다. 즉 도시는 선과 악이 얽혀 있고 질서와 혼돈이 공존하는 공간인 것이다.

이 세상을 상징적으로 보여주는 쿠빌라이 칸의 제국은 현대 세계처럼 사람과 도시로 밀집되어 있고 계급화되어 있으며 물질이 인간의 삶을 지배하는 혼돈의 제국이다. 쿠빌라이는 제국이 자체의 무게 때문에 질식해 가고 있다는 것을 느끼며 연처럼 가벼운 도시를 꿈꾼다. 현실의 무게를 벗어난 가벼운 도시는 칼비노가 원하는 또 다른 유토피아이다.

미래의 도시 역시 현재와 같다면, 삶의 무게에 짓눌린 이 지옥을 벗어나는 방법은 무엇일까? 칼비노는 지옥을 벗어나는 방법은 두 가지라고 말한다. 하나는 지옥을 받아들여서, 우리가 사는 곳이 지옥이라고 느끼지 않는 것이고, 다른 하나는 지옥이 아닌 것을 찾아내서 거기에 공간을 부여하고 그것의 성질을 지속시키는 것이다. 이것이 바로 유토피아를 찾는 칼비노식의 방법이다. 칼비노에게 유토피아는 이곳이 아닌 다른 어느 곳에 존재하는 게 아니다. 유토피아는 바로 현실 속에 자리 잡고 있으며 우리가 할 일은 그것을 찾아내는 것이다. 평생을 환상적 글쓰기를 지향했던 칼비노가 추구한 것도 바로 이것이었다. 그에게 환상은 현실을 더 잘 파악하고 삶의 무게를 덜어내 가벼워지기 위한 하나의 수단이었다. 이를 위해 그는 처음 작품 활동을 시작했을 때에는 우화적 환상성이 두드러진 작품들을 발표했고, 1970년대부터 1985년 세상을 뜨기 전까지는 실험성이 짙은 환상소설들을 발표했다.

칼비노는 다른 그 어떤 작품에서보다 이 『보이지 않는 도시들』에서 자신이 하고 싶은 말을 많이 했다고 밝혔다. 도시는 기하학적 합리성과 복잡하게 뒤얽힌 인간 존재들 사이의 긴장을 표현할 수 있게 하는 상징이기 때문이다. 칼비노는 이 책을 쓰던 때를 이렇게 기억한다.

> 나는 이 책을 한 번에 몇 줄씩, 마치 시를 쓰듯 여러 가지 영감에 따라 썼다. 어떨 때는 슬픈 도시들만이, 어떨 때는 행복한 도시들만이 머리에 떠올랐다. 하늘에 뜬 별과 황도십이궁을 도시와 비교해 보는 시기도 있었고 매일 자신의 공간을 넓혀가는 도시의 쓰레기들을 이야기해야겠다고 생각한 시기도 있었다. 이 책은 내 기분과 사색에 따라 조금씩 기록해 가는 일기 같은 것이 되었다.

이렇게 칼비노는 이제까지 작품의 배경으로만 등장했던 도시들을 주인공으로 삼았고, 도시를 인간이 살아가야 할 공간으로 상정하면서 도시를 바라보는 데 방해가 되는 모든 요소를 제거하고 해체해서 도시를 본질적인 요소들로 축소할 수 있었다. 또한 환상적인 도시를 통해 초현실적이며 이상적인 공간을 보여주려 한 것이 아니라 현실과 공존하는 유토피아와 현실의 이면에 감추어진 틈새를 그려보려 했다. 이를 통해 칼비노는 우리에게 도시를 새롭게 바라볼 수 있는 하나의 방법을 제시하는 것이다.

2022년 7월

이현경

작가 연보

1923년 10월 15일 쿠바의 산티아고데라스베가스에서 출생.
아버지 마리오 칼비노는 이탈리아 북부 산레모의 유서 깊은 가문 출신의 농학자로 멕시코에서 이십 년을 보낸 뒤 쿠바에서 농학 연구소와 농업학교를 맡아 운영. 결혼 당시 어머니 에벨리나 마멜리는 사사리 출신으로 자연과학부를 졸업한 뒤 파비아 대학교에서 식물학 교수로 재직한다.

1925년 가족 모두 산레모로 귀향.
아버지는 화훼 연구소인 '오라치오 라이몬도'의 소장이 됨. 그러나 은행 도산으로 연구 자금을 잃은 뒤 활동을 계속하기 위해 자신의 저택 '라 메리디아나'의 정원을 사용. 이 연구 활동을 통해 수많은 화초를 산레모에 소개한다.

1927년 동생 플로리아노 출생. 플로리아노는 후에 집안의 과학적 전통을 따라 지질학자가 됨.

부모의 뜻대로 종교교육을 전혀 받지 않고 자란 칼비노는 카시니 중고등학교 시절부터 시를 쓰고 예리한 필치로 풍자적인 그림과 자화상을 그리기 시작. 학창 시절의 칼비노는 까다로운 편이었지만 친구들 사이에서 논쟁이 벌어질 때마다 재미있는 해석을 곁들이며 논쟁에 끼어든다.

1941년 토리노 대학교 농학부에 입학.

단편 몇 개를 쓰지만 출판되지는 않음. 발표되지 않은 단편 가운데 네 편(「가치에 대한 논의들」, 「행복한 사람」, 「자신을 믿지 않는 게 좋다」, 「노새를 탄 재판관」)은 칼비노 사후 1주기 때 고등학교 동창 에우제니오 스칼파리에 의해 일간지 《라 레푸블리카》에 발표된다.

1943년 무솔리니가 이끄는 이탈리아 사회 공화국 군대에 징집되지 않으려고 동생과 함께 알프스로 피신. 그 후 공산주의자 부대 '가리발디'의 제2공격대에 자원한다.(『거미집 속의 오솔길』, 『까마귀는 마지막에 온다』라는 유격대 소설에서 이때의 경험을 찾아볼 수 있음. 특히 「피와 똑같은 것」은 독일군에게 인질로 잡힌 어머니 이야기를 다룸.)

1945년 해방 후 《우리들의 투쟁》, 《민주주의의 목소리》, 《일 가리발디노》지에서 저널리스트로 활동.

이탈리아 공산당에 가입해 산레모와 토리노에서 당원으로 활동.

9월 토리노 대학교 문학부에 재등록.

《폴리테크니코》, 《아레투사》, 《루니타》지에 기고.

에이나우디 출판사 편집부에 근무하던 파베세, 비토리니, 펠리체 발보 등과 교제.

「지뢰밭」으로 '루니타' 상을 수상한다.

1947년 조지프 콘래드에 관한 논문으로 졸업.

몬다도리 출판사의 공모에 참가하기 위해 썼던 『거미집 속의 오솔길(Il sentiero dei nidi di ragno)』 출간. '리치오네' 상을 수상한다.

1948년 다음 해까지 에이나우디 출판사에 재직.

공산당 일간지 《루니타》에서 편집자로 활약하며 공산당원이자 저널리스트로 계속 활동한다.

1949년 『까마귀는 마지막에 온다(Ultimo viene il corvo)』를 출간한다.

1951년 파베세의 책 『미국 문학과 논문들』의 서문을 씀.

아버지 사망. 어머니가 화훼 연구소의 책임을 맡아 1959년까지 운영한다.

1952년 비토리니가 첫 소설의 '리얼리즘적—사회 참여적—피카레스크적' 노선을 계속하기보다는 동화 작가의 영감을 따르라고 충고.

『반쪼가리 자작(Il visconte dimezzato)』 출간.

소련 여행.

바사니가 주관하는 잡지 《보테게 오스쿠레》에 「아르헨티나 개미」 발표.

《루니타》에 「마르코발도」 연재 시작.

1954년 『참전(L'entrata in guerra)』 출간.

좌익 지식인들이 주관하는 《치타 아페르타》지에 기고를 시작한다.

1956년 이탈리아 각 지방에 전해 내려오는 이야기를 모아 『이탈리아 민담(Fiabe italiane)』을 출간한다.

1957년 《치타 아페르타》지에 「나무 위의 남작」 발표.

《보테게 오스쿠레》지에 「건축 투기」 발표.

8월 공산당을 탈퇴하고 신좌익 사회주의자들과의 논쟁에 참여한다.

1950년 1월부터 1951년 7월에 걸쳐 써놓았던 「포강의 젊은이들」을 1957년 1월부터 1958년 3월에 걸쳐 《오피치나》지에 연재한다.

1958년 「스모그 구름」 발표.

『단편들(I racconti)』 출판.

세르지오 리베로비치의 곡에 '독수리는 어디로 날아가는가'라는 제목의 가사를 붙인다.

1959년 『존재하지 않는 기사(Il cavaliere inesistente)』 출간.

「다리 저편에」, 「세상의 주인」이라는 칸초네 작사.

루치아노 베리오의 음악을 위해 희극 「자 어서(Allezhop)」를 집필한다.

1959년 1967년까지 비토리니와 함께 《일 메나보 디 레테라투라》 발행.
이 잡지에 「객관성의 바다」(1959), 「미궁에의 도전」(1962), 「노동자의 안티테제」(1967)를 발표한다.

1959년 1960년까지 미국과 소련 여행. 두 나라의 지리적·역사적 중요성을 강조하면서 두 나라의 문화를 비교하는 글을 《루니타》에 기고.
『우리의 선조들(I nostri antenati)』 3부작을 출간한다.

1963년 세르지오 토파노의 그림을 넣어 『마르코발도 혹은 도시의 사계절(Marcovaldo; ovvero, le stagioni in cittá)』 출간.
프랑스에서 체류.
『어느 선거 참관인의 하루(La giornata d'uno scrutatore)』를 출간한다.

1964년 '키키타'라는 애칭으로 불리는 통역사이자 번역가인 에스터 싱어와 결혼해 파리에 정착. 프랑스 아방가르드 예술가들과 교류하고 과학과 문학 사이의 가설에 관한 자신의 이론을 그들의 이론과 비교함.
《카페》지에 「우주 만화(Le cosmicomiche)」 중 네 편을 발표한다.

1965년 딸 아비가일 탄생.
「우주 만화」와 함께 「스모그 구름」, 「아르헨티나 개미」를 단행본으로 출간한다.

1967년 레이몽 크노의 『푸른 꽃(Les fleurs blues)』을 번역 출간한다.

1968년 밀라노 출판 클럽에서 『세상에 대한 기억과 우주 만화적인 다른 이야기들(La memoria del mondo e altre storie cosmicomiche)』 출간.

《누오바 코렌테》지에 논문 「조합 과정으로서의 소설에 대한 메모들」을 발표한다.

1969년 『교차된 운명의 성(Il castello dei destini incrociati)』을 출간한다.

1970년 『힘겨운 사랑(Gli amori difficili)』 출간.

「이탈로 칼비노가 들려주는 루도비코 아리오스토의 광란의 오를란도」 집필.

그림 형제의 『동화들』을 소개한다.

1971년 란차의 『시칠리아의 무언극들』 소개.

샤를르 푸리에의 『네 가지 운동 이론』, 『새로운 사랑의 세계』를 번역한다.

1972년 『보이지 않는 도시들(Le città invisibili)』 출판.

《카페》지에 「흡혈귀의 왕국」을 발표한다.

1973년 『교차된 운명의 성』 재출간.(결론 부분을 수정하고 「교차된 운명의 선술집」 수록.)

『보이지 않는 도시들』로 '펠트리넬리' 상을 수상한다.

1974년 「게 왕자와 다른 이탈리아 민담들」 발표.

영화감독 페데리코 펠리니를 위해 『한 관객의 자서전(Autobiografia di uno spettatore)』 집필.

잠바티스타 바실레를 위해 논문 「메타포의 지도」를 집필한다.

1975년 일간지 《코리에레 델라 세라》에 「팔로마르」를 발표하기 시작.
「피에르 파올로 파솔리니에게 보내는 마지막 편지」를 같은 신문에 발표한다.

1976년 독일 '슈타트프라이스(Staatpreis)' 상을 수상한다.

1978년 스피나촐라가 편집하는 《푸블리코 1978》지에 「1978년과 문학, 4인의 작가에게 보내는 다섯 가지 질문」을 발표한다.

1979년 『만약 어느 겨울밤에 한 여행자가(Se una notte d'inverno un viaggiatore)』 출간.
여러 신문에 여행기 기고.
「나도 한때 스탈린주의자였나?」라는 제목의 글을 《라 레푸블리카》지에 기고하기 시작한다.

1980년 이전부터 해오던 에이나우디 로마 지사의 자문 역할을 계기로, 가족과 함께 파리에서 로마로 이주한다.

1981년 어린이를 위한 『숲—뿌리—미궁』 집필.
프랑스의 레지옹 도뇌르 훈장을 받는다.

1982년 베리오와 함께 2막으로 된 「진실된 이야기」를 라 스칼라 극장에 올린다.

1983년 『팔로마르(Palomar)』 출간.
「오디세이 속의 오디세우스들」, 「나일강을 거슬러 올라가다」, 「신화, 동화, 알레고리」를 발표한다.

1984년 가르찬티 출판사로 옮겨 『모래 선집(Collezione di sabbia)』 출간.

베리오와 함께 「이야기를 듣는 왕」을 잘츠부르크에서 공연.

피렌체에서 '현실의 차원들'이라는 주제로 열린 세미나에서 「문학과 다양한 차원의 현실들」을 발표한다.

1985년 카스틸리오네 델 페스카이아에서 뇌일혈로 쓰러짐. 9월 6일 시에나의 산타마리아델라스칼라 병원에 입원해, 같은 달 18일과 19일 사이에 사망한다.

1988년 미완성 유고 『미국 강의(La lezioni americane)』, 『민담에 대하여(Sulla fiaba)』가 출간된다.

1991년 『왜 고전을 읽는가(Perché leggere i classici)』가 출간된다.

세계문학전집 138

보이지 않는 도시들

1판 1쇄 펴냄 2007년 2월 25일
1판 37쇄 펴냄 2024년 4월 1일

지은이 이탈로 칼비노
옮긴이 이현경
발행인 박근섭, 박상준
펴낸곳 (주)민음사

출판등록 1966. 5. 19. (제 16-490호)
서울특별시 강남구 도산대로1길 62(신사동) 강남출판문화센터 5층 (우편번호 06027)
대표전화 02-515-2000 팩시밀리 02-515-2007
www.minumsa.com

ISBN 978-89-374-6138-5 04800
ISBN 978-89-374-6000-5 (세트)

민음사 세계문학전집

세계문학전집 목록

1·2 **변신 이야기** 오비디우스·이윤기 옮김 서울대 권장도서 100선
3 **햄릿** 셰익스피어·최종철 옮김 서울대 권장도서 100선 | 미국대학위원회 선정 SAT 추천도서
4 **변신·시골의사** 카프카·전영애 옮김 서울대 권장도서 100선
5 **동물농장** 오웰·도정일 옮김 미국대학위원회 선정 SAT 추천도서 | 《타임》 선정 현대 100대 영문소설
6 **허클베리 핀의 모험** 트웨인·김욱동 옮김 《뉴스위크》 선정 100대 명저
7 **암흑의 핵심** 콘래드·이상옥 옮김 미국대학위원회 선정 SAT 추천도서 | 《뉴스위크》 선정 10대 명저
8 **토니오 크뢰거·트리스탄·베네치아에서의 죽음** 토마스 만·안삼환 외 옮김 노벨 문학상 수상 작가
9 **문학이란 무엇인가** 사르트르·정명환 옮김
10 **한국단편문학선 1** 김동인 외·이남호 엮음 국립중앙도서관 선정 청소년 권장도서
11·12 **인간의 굴레에서** 서머싯 몸·송무 옮김
13 **이반 데니소비치, 수용소의 하루** 솔제니친·이영의 옮김 노벨 문학상 수상 작가
14 **너새니얼 호손 단편선** 호손·천승걸 옮김
15 **나의 미카엘** 오즈·최창모 옮김
16·17 **중국신화전설** 위앤커·전인초, 김선자 옮김
18 **고리오 영감** 발자크·박영근 옮김
19 **파리대왕** 골딩·유종호 옮김 노벨 문학상 수상 작가 | 《타임》 선정 현대 100대 영문소설
20 **한국단편문학선 2** 김동리 외·이남호 엮음
21·22 **파우스트** 괴테·정서웅 옮김 서울대 권장도서 100선 | 미국대학위원회 선정 SAT 추천도서
23·24 **빌헬름 마이스터의 수업시대** 괴테·안삼환 옮김
25 **젊은 베르테르의 슬픔** 괴테·박찬기 옮김 논술 및 수능에 출제된 책(1998~2005)
26 **이피게니에·스텔라** 괴테·박찬기 외 옮김
27 **다섯째 아이** 레싱·정덕애 옮김 노벨 문학상 수상 작가
28 **삶의 한가운데** 린저·박찬일 옮김
29 **농담** 쿤데라·방미경 옮김
30 **야성의 부름** 런던·권택영 옮김
31 **아메리칸** 제임스·최경도 옮김
32·33 **양철북** 그라스·장희창 옮김 노벨 문학상 수상 작가 | 서울대 권장도서 100선
34·35 **백년의 고독** 마르케스·조구호 옮김 노벨 문학상 수상 작가 | 서울대 권장도서 100선
36 **마담 보바리** 플로베르·김화영 옮김 서울대 권장도서 100선
37 **거미여인의 키스** 푸익·송병선 옮김
38 **달과 6펜스** 서머싯 몸·송무 옮김
39 **폴란드의 풍차** 지오노·박인철 옮김
40·41 **독일어 시간** 렌츠·정서웅 옮김
42 **말테의 수기** 릴케·문현미 옮김
43 **고도를 기다리며** 베케트·오증자 옮김 노벨 문학상 수상 작가 | 서울대 권장도서 100선
44 **데미안** 헤세·전영애 옮김 노벨 문학상 수상 작가
45 **젊은 예술가의 초상** 조이스·이상옥 옮김 서울대 권장도서 100선
46 **카탈로니아 찬가** 오웰·정영목 옮김
47 **호밀밭의 파수꾼** 샐린저·정영목 옮김 《타임》 선정 현대 100대 영문소설 | 미국대학위원회 선정 SAT 추천도서 | 《뉴스위크》 선정 100대 명저 | BBC 선정 꼭 읽어야 할 책
48·49 **파르마의 수도원** 스탕달·원윤수, 임미경 옮김
50 **수레바퀴 아래서** 헤세·김이섭 옮김 노벨 문학상 수상 작가 | 국립중앙도서관 선정 청소년 권장도서

51·52 내 이름은 빨강 파묵·이난아 옮김 노벨 문학상 수상 작가
53 오셀로 셰익스피어·최종철 옮김 서울대 권장도서 100선
54 조서 르 클레지오·김윤진 옮김 노벨 문학상 수상 작가
55 모래의 여자 아베 코보·김난주 옮김
56·57 부덴브로크 가의 사람들 토마스 만·홍성광 옮김 노벨 문학상 수상 작가
58 싯다르타 헤세·박병덕 옮김 노벨 문학상 수상 작가
59·60 아들과 연인 로렌스·정상준 옮김 《뉴스위크》 선정 100대 명저
61 설국 가와바타 야스나리·유숙자 옮김 노벨 문학상 수상 작가 | 서울대 권장도서 100선
62 벨킨 이야기·스페이드 여왕 푸슈킨·최선 옮김
63·64 넙치 그라스·김재혁 옮김 노벨 문학상 수상 작가
65 소망 없는 불행 한트케·윤용호 옮김 노벨 문학상 수상 작가
66 나르치스와 골드문트 헤세·임홍배 옮김 노벨 문학상 수상 작가
67 황야의 이리 헤세·김누리 옮김 노벨 문학상 수상 작가
68 페테르부르크 이야기 고골·조주관 옮김
69 밤으로의 긴 여로 오닐·민승남 옮김 노벨 문학상 수상 작가 | 미국대학위원회 선정 SAT 추천도서
70 체호프 단편선 체호프·박현섭 옮김
71 버스 정류장 가오싱젠·오수경 옮김 노벨 문학상 수상 작가
72 구운몽 김만중·송성욱 옮김 서울대 권장도서 100선 | 국립중앙도서관 선정 청소년 권장도서
73 대머리 여가수 이오네스코·오세곤 옮김
74 이솝 우화집 이솝·유종호 옮김 논술 및 수능에 출제된 책(1998~2005)
75 위대한 개츠비 피츠제럴드·김욱동 옮김 《타임》 선정 현대 100대 영문소설
76 푸른 꽃 노발리스·김재혁 옮김
77 1984 오웰·정회성 옮김 《타임》 선정 현대 100대 영문소설 | 《뉴스위크》 선정 100대 명저
78·79 영혼의 집 아옌데·권미선 옮김
80 첫사랑 투르게네프·이항재 옮김
81 내가 죽어 누워 있을 때 포크너·김명주 옮김 노벨 문학상 수상 작가
82 런던 스케치 레싱·서숙 옮김 노벨 문학상 수상 작가
83 팡세 파스칼·이환 옮김
84 질투 로브그리예·박이문, 박희원 옮김
85·86 채털리 부인의 연인 로렌스·이인규 옮김
87 그 후 나쓰메 소세키·윤상인 옮김
88 오만과 편견 오스틴·윤지관, 전승희 옮김 미국대학위원회 선정 SAT 추천도서
89·90 부활 톨스토이·연진희 옮김 논술 및 수능에 출제된 책(1998~2005)
91 방드르디, 태평양의 끝 투르니에·김화영 옮김
92 미겔 스트리트 나이폴·이상옥 옮김 노벨 문학상 수상 작가
93 페드로 파라모 룰포·정창 옮김
94 차라투스트라는 이렇게 말했다 니체·장희창 옮김 국립중앙도서관 선정 청소년 권장도서
95·96 적과 흑 스탕달·이동렬 옮김 국립중앙도서관 선정 청소년 권장도서
97·98 콜레라 시대의 사랑 마르케스·송병선 옮김 노벨 문학상 수상 작가 | BBC 선정 꼭 읽어야 할 책
99 맥베스 셰익스피어·최종철 옮김 서울대 권장도서 100선 | 미국대학위원회 선정 SAT 추천도서
100 춘향전 작자 미상·송성욱 풀어 옮김 서울대 권장도서 100선
101 페르디두르케 곰브로비치·윤진 옮김
102 포르노그라피아 곰브로비치·임미경 옮김
103 인간 실격 다자이 오사무·김춘미 옮김
104 네루다의 우편배달부 스카르메타·우석균 옮김

105·106 **이탈리아 기행** 괴테·박찬기 외 옮김
107 **나무 위의 남작** 칼비노·이현경 옮김
108 **달콤 쌉싸름한 초콜릿** 에스키벨·권미선 옮김
109·110 **제인 에어** C. 브론테·유종호 옮김 BBC 선정 꼭 읽어야 할 책
111 **크눌프** 헤세·이노은 옮김 노벨 문학상 수상 작가
112 **시계태엽 오렌지** 버지스·박시영 옮김 《타임》 선정 현대 100대 영문소설 | 《뉴스위크》 선정 100대 명저
113·114 **파리의 노트르담** 위고·정기수 옮김 미국대학위원회 선정 SAT 추천도서
115 **새로운 인생** 단테·박우수 옮김
116·117 **로드 짐** 콘래드·이상옥 옮김 《뉴스위크》 선정 100대 명저
118 **폭풍의 언덕** E. 브론테·김종길 옮김 미국대학위원회 선정 SAT 추천도서
119 **텔크테에서의 만남** 그라스·안삼환 옮김 노벨 문학상 수상 작가
120 **검찰관** 고골·조주관 옮김
121 **안개** 우나무노·조민현 옮김
122 **나사의 회전** 제임스·최경도 옮김 미국대학위원회 선정 SAT 추천도서
123 **피츠제럴드 단편선 1** 피츠제럴드·김욱동 옮김
124 **목화밭의 고독 속에서** 콜테스·임수현 옮김
125 **돼지꿈** 황석영
126 **라셀라스** 존슨·이인규 옮김
127 **리어 왕** 셰익스피어·최종철 옮김 서울대 권장도서 100선 | 《뉴스위크》 선정 100대 명저
128·129 **쿠오 바디스** 시엔키에비츠·최성은 옮김 노벨 문학상 수상 작가
130 **자기만의 방·3기니** 울프·이미애 옮김
131 **시르트의 바닷가** 그라크·송진석 옮김
132 **이성과 감성** 오스틴·윤지관 옮김
133 **바덴바덴에서의 여름** 치프킨·이장욱 옮김
134 **새로운 인생** 파묵·이난아 옮김 노벨 문학상 수상 작가
135·136 **무지개** 로렌스·김정매 옮김
137 **인생의 베일** 서머싯 몸·황소연 옮김
138 **보이지 않는 도시들** 칼비노·이현경 옮김
139·140·141 **연초 도매상** 바스·이운경 옮김 《타임》 선정 현대 100대 영문소설
142·143 **플로스 강의 물방앗간** 엘리엇·한애경, 이봉지 옮김 미국대학위원회 선정 SAT 추천도서
144 **연인** 뒤라스·김인환 옮김
145·146 **이름 없는 주드** 하디·정종화 옮김
147 **제49호 품목의 경매** 핀천·김성곤 옮김 《타임》 선정 현대 100대 영문소설
148 **성역** 포크너·이진준 옮김 노벨 문학상 수상 작가 | 퓰리처상 수상 작가
149 **무진기행** 김승옥
150·151·152 **신곡(지옥편·연옥편·천국편)** 단테·박상진 옮김 《뉴스위크》 선정 100대 명저
153 **구덩이** 플라토노프·정보라 옮김
154·155·156 **카라마조프가의 형제들** 도스토옙스키·김연경 옮김
157 **지상의 양식** 지드·김화영 옮김 노벨 문학상 수상 작가
158 **밤의 군대들** 메일러·권택영 옮김 퓰리처상 수상 작가
159 **주홍 글자** 호손·김욱동 옮김 서울대 권장도서 100선 | 미국대학위원회 선정 SAT 추천도서
160 **깊은 강** 엔도 슈사쿠·유숙자 옮김
161 **욕망이라는 이름의 전차** 윌리엄스·김소임 옮김
162 **마사 퀘스트** 레싱·나영균 옮김 노벨 문학상 수상 작가
163·164 **운명의 딸** 아옌데·권미선 옮김

165 **모렐의 발명** 비오이 카사레스·송병선 옮김
166 **삼국유사** 일연·김원중 옮김 서울대 권장도서 100선
167 **풀잎은 노래한다** 레싱·이태동 옮김 노벨 문학상 수상 작가
168 **파리의 우울** 보들레르·윤영애 옮김
169 **포스트맨은 벨을 두 번 울린다** 케인·이만식 옮김
170 **썩은 잎** 마르케스·송병선 옮김 노벨 문학상 수상 작가
171 **모든 것이 산산이 부서지다** 아체베·조규형 옮김 《타임》 선정 현대 100대 영문소설
172 **한여름 밤의 꿈** 셰익스피어·최종철 옮김 미국대학위원회 선정 SAT 추천도서
173 **로미오와 줄리엣** 셰익스피어·최종철 옮김 미국대학위원회 선정 SAT 추천도서
174·175 **분노의 포도** 스타인벡·김승욱 옮김 노벨 문학상 수상 작가 | 《타임》 선정 현대 100대 영문소설
176·177 **괴테와의 대화** 에커만·장희창 옮김
178 **그물을 헤치고** 머독·유종호 옮김 《타임》 선정 현대 100대 영문소설
179 **브람스를 좋아하세요...** 사강·김남주 옮김
180 **카타리나 블룸의 잃어버린 명예** 하인리히 뵐·김연수 옮김 노벨 문학상 수상 작가
181·182 **에덴의 동쪽** 스타인벡·정회성 옮김 노벨 문학상 수상 작가
183 **순수의 시대** 워튼·송은주 옮김 《뉴스위크》 선정 100대 명저 | 퓰리처상 수상작
184 **도둑 일기** 주네·박형섭 옮김
185 **나자** 브르통·오생근 옮김
186·187 **캐치-22** 헬러·안정효 옮김 《타임》 선정 현대 100대 영문소설
188 **숄로호프 단편선** 숄로호프·이항재 옮김 노벨 문학상 수상 작가
189 **말** 사르트르·정명환 옮김
190·191 **보이지 않는 인간** 엘리슨·조영환 옮김 《타임》 선정 현대 100대 영문소설
192 **왑샷 가문 연대기** 치버·김승욱 옮김 퓰리처상 수상 작가
193 **왑샷 가문 몰락기** 치버·김승욱 옮김 퓰리처상 수상 작가
194 **필립과 다른 사람들** 노터봄·지명숙 옮김
195·196 **하드리아누스 황제의 회상록** 유르스나르·곽광수 옮김
197·198 **소피의 선택** 스타이런·한정아 옮김 퓰리처상 수상 작가
199 **피츠제럴드 단편선 2** 피츠제럴드·한은경 옮김
200 **홍길동전** 허균·김탁환 옮김
201 **요술 부지깽이** 쿠버·양윤희 옮김
202 **북호텔** 다비·원윤수 옮김
203 **톰 소여의 모험** 트웨인·김욱동 옮김
204 **금오신화** 김시습·이지하 옮김
205·206 **테스** 하디·정종화 옮김 미국대학위원회 선정 SAT 추천도서 | BBC 선정 꼭 읽어야 할 책
207 **브루스터플레이스의 여자들** 네일러·이소영 옮김
208 **더 이상 평안은 없다** 아체베·이소영 옮김
209 **그레인지 코플랜드의 세 번째 인생** 워커·김시현 옮김 퓰리처상 수상 작가
210 **어느 시골 신부의 일기** 베르나노스·정영란 옮김
211 **타라스 불바** 고골·조주관 옮김
212·213 **위대한 유산** 디킨스·이인규 옮김 서울대 권장도서 100선 | BBC 선정 꼭 읽어야 할 책
214 **면도날** 서머싯 몸·안진환 옮김
215·216 **성채** 크로닌·이은정 옮김
217 **오이디푸스 왕** 소포클레스·강대진 옮김 서울대 권장도서 100선
218 **세일즈맨의 죽음** 밀러·강유나 옮김
219·220·221 **안나 카레니나** 톨스토이·연진희 옮김 서울대 권장도서 100선

222 오스카 와일드 작품선 와일드 · 정영목 옮김
223 벨아미 모파상 · 송덕호 옮김
224 파스쿠알 두아르테 가족 호세 셀라 · 정동섭 옮김 노벨 문학상 수상 작가
225 시칠리아에서의 대화 비토리니 · 김운찬 옮김
226·227 길 위에서 케루악 · 이만식 옮김 《타임》 선정 현대 100대 영문소설 | 《뉴스위크》 선정 100대 명저
228 우리 시대의 영웅 레르몬토프 · 오정미 옮김
229 아우라 푸엔테스 · 송상기 옮김
230 클링조어의 마지막 여름 헤세 · 황승환 옮김 노벨 문학상 수상 작가
231 리스본의 겨울 무뇨스 몰리나 · 나송주 옮김
232 뻐꾸기 둥지 위로 날아간 새 키지 · 정회성 옮김 《타임》 선정 현대 100대 영문소설
233 페널티킥 앞에 선 골키퍼의 불안 한트케 · 윤용호 옮김 노벨 문학상 수상 작가
234 참을 수 없는 존재의 가벼움 쿤데라 · 이재룡 옮김
235·236 바다여, 바다여 머독 · 최옥영 옮김
237 한 줌의 먼지 에벌린 워 · 안진환 옮김 《타임》 선정 현대 100대 영문소설
238 뜨거운 양철 지붕 위의 고양이 · 유리 동물원 윌리엄스 · 김소임 옮김 퓰리처상 수상작
239 지하로부터의 수기 도스토옙스키 · 김연경 옮김
240 키메라 바스 · 이운경 옮김
241 반쪼가리 자작 칼비노 · 이현경 옮김
242 벌집 호세 셀라 · 남진희 옮김 노벨 문학상 수상 작가
243 불멸 쿤데라 · 김병욱 옮김
244·245 파우스트 박사 토마스 만 · 임홍배, 박병덕 옮김 노벨 문학상 수상 작가
246 사랑할 때와 죽을 때 레마르크 · 장희창 옮김
247 누가 버지니아 울프를 두려워하랴? 올비 · 강유나 옮김
248 인형의 집 입센 · 안미란 옮김
249 위폐범들 지드 · 원윤수 옮김 노벨 문학상 수상 작가
250 무정 이광수 · 정영훈 책임 편집 서울대 권장도서 100선
251·252 의지와 운명 푸엔테스 · 김현철 옮김
253 폭력적인 삶 파솔리니 · 이승수 옮김
254 거장과 마르가리타 불가코프 · 정보라 옮김
255·256 경이로운 도시 멘도사 · 김현철 옮김
257 야콥을 둘러싼 추측들 욘존 · 손대영 옮김
258 왕자와 거지 트웨인 · 김욱동 옮김
259 존재하지 않는 기사 칼비노 · 이현경 옮김
260·261 눈먼 암살자 애트우드 · 차은정 옮김 《타임》 선정 현대 100대 영문소설
262 베니스의 상인 셰익스피어 · 최종철 옮김
263 말리나 바흐만 · 남정애 옮김
264 사볼타 사건의 진실 멘도사 · 권미선 옮김
265 뒤렌마트 희곡선 뒤렌마트 · 김혜숙 옮김
266 이방인 카뮈 · 김화영 옮김 노벨 문학상 수상 작가 | 미국대학위원회 선정 SAT 추천도서
267 페스트 카뮈 · 김화영 옮김 노벨 문학상 수상 작가 | 국립중앙도서관 선정 청소년 권장도서
268 검은 튤립 뒤마 · 송진석 옮김
269·270 베를린 알렉산더 광장 되블린 · 김재혁 옮김
271 하얀 성 파묵 · 이난아 옮김 노벨 문학상 수상 작가
272 푸슈킨 선집 푸슈킨 · 최선 옮김
273·274 유리알 유희 헤세 · 이영임 옮김 노벨 문학상 수상 작가

275 픽션들 보르헤스 · 송병선 옮김 서울대 권장도서 100선
276 신의 화살 아체베 · 이소영 옮김
277 빌헬름 텔 · 간계와 사랑 실러 · 홍성광 옮김
278 노인과 바다 헤밍웨이 · 김욱동 옮김 노벨 문학상 수상 작가 | 퓰리처상 수상작
279 무기여 잘 있어라 헤밍웨이 · 김욱동 옮김 미국대학위원회 선정 SAT 추천도서
280 태양은 다시 떠오른다 헤밍웨이 · 김욱동 옮김 《타임》 선정 현대 100대 영문 소설
281 알레프 보르헤스 · 송병선 옮김
282 일곱 박공의 집 호손 · 정소영 옮김
283 에마 오스틴 · 윤지관, 김영희 옮김
284·285 죄와 벌 도스토옙스키 · 김연경 옮김 미국대학위원회 선정 SAT 추천도서
286 시련 밀러 · 최영 옮김
287 모두가 나의 아들 밀러 · 최영 옮김
288·289 누구를 위하여 종은 울리나 헤밍웨이 · 김욱동 옮김 노벨 문학상 수상 작가
290 구르브 연락 없다 멘도사 · 정창 옮김
291·292·293 데카메론 보카치오 · 박상진 옮김
294 나누어진 하늘 볼프 · 전영애 옮김
295·296 제브데트 씨와 아들들 파묵 · 이난아 옮김 노벨 문학상 수상 작가
297·298 여인의 초상 제임스 · 최경도 옮김 미국대학위원회 선정 SAT 추천도서
299 압살롬, 압살롬! 포크너 · 이태동 옮김 노벨 문학상 수상 작가
300 이상 소설 전집 이상 · 권영민 책임 편집
301·302·303·304·305 레 미제라블 위고 · 정기수 옮김
306 관객모독 한트케 · 윤용호 옮김 노벨 문학상 수상 작가
307 더블린 사람들 조이스 · 이종일 옮김
308 에드거 앨런 포 단편선 앨런 포 · 전승희 옮김 미국대학위원회 선정 SAT 추천도서
309 보이체크 · 당통의 죽음 뷔히너 · 홍성광 옮김
310 노르웨이의 숲 무라카미 하루키 · 양억관 옮김
311 운명론자 자크와 그의 주인 디드로 · 김희영 옮김
312·313 헤밍웨이 단편선 헤밍웨이 · 김욱동 옮김 노벨 문학상 수상 작가
314 피라미드 골딩 · 안지현 옮김 노벨 문학상 수상 작가
315 닫힌 방 · 악마와 선한 신 사르트르 · 지영래 옮김
316 등대로 울프 · 이미애 옮김 《타임》 선정 현대 100대 영문소설 | 《뉴스위크》 선정 100대 명저
317·318 한국 희곡선 송영 외 · 양승국 엮음
319 여자의 일생 모파상 · 이동렬 옮김
320 의식 노터봄 · 김영중 옮김
321 육체의 악마 라디게 · 원윤수 옮김
322·323 감정 교육 플로베르 · 지영화 옮김
324 불타는 평원 룰포 · 정창 옮김
325 위대한 몬느 알랭푸르니에 · 박영근 옮김
326 라쇼몬 아쿠타가와 류노스케 · 서은혜 옮김
327 반바지 당나귀 보스코 · 정영란 옮김
328 정복자들 말로 · 최윤주 옮김
329·330 우리 동네 아이들 마흐푸즈 · 배혜경 옮김 노벨 문학상 수상 작가
331·332 개선문 레마르크 · 장희창 옮김
333 사바나의 개미 언덕 아체베 · 이소영 옮김
334 게걸음으로 그라스 · 장희창 옮김 노벨 문학상 수상 작가

395 월든 소로 · 정회성 옮김
396 모래 사나이 E. T. A. 호프만 · 신동화 옮김
397·398 검은 책 오르한 파묵 · 이난아 옮김 노벨 문학상 수상 작가
399 방랑자들 올가 토카르추크 · 최성은 옮김 노벨 문학상 수상 작가
400 시여, 침을 뱉어라 김수영 · 이영준 엮음
401·402 환락의 집 이디스 워튼 · 전승희 옮김
403 달려라 메로스 다자이 오사무 · 유숙자 옮김
404 아버지와 자식 투르게네프 · 연진희 옮김
405 청부 살인자의 성모 바예호 · 송병선 옮김
406 세피아빛 초상 아옌데 · 조영실 옮김
407·408·409·410 사기 열전 사마천 · 김원중 옮김 서울대 권장도서 100선
411 이상 시 전집 이상 · 권영민 책임 편집
412 어둠 속의 사건 발자크 · 이동렬 옮김
413 태평천하 채만식 · 권영민 책임 편집
414·415 노스트로모 콘래드 · 이미애 옮김
416·417 제르미날 졸라 · 강충권 옮김
418 명인 가와바타 야스나리 · 유숙자 옮김 노벨 문학상 수상 작가
419 핀처 마틴 골딩 · 백지민 옮김 노벨 문학상 수상 작가
420 사라진 · 샤베르 대령 발자크 · 선영아 옮김
421 빅 서 케루악 · 김재성 옮김
422 코뿔소 이오네스코 · 박형섭 옮김
423 블랙박스 오즈 · 윤성덕, 김영화 옮김
424·425 고양이 눈 애트우드 · 차은정 옮김
426·427 도둑 신부 애트우드 · 이은선 옮김
428 슈니츨러 작품선 슈니츨러 · 신동화 옮김
429·430 세계의 끝과 하드보일드 원더랜드 무라카미 하루키 · 김난주 옮김
431 멜랑콜리아 I–II 욘 포세 · 손화수 옮김 노벨 문학상 수상 작가
432 도적들 실러 · 홍성광 옮김
433 예브게니 오네긴 · 대위의 딸 푸시킨 · 최선 옮김
434·435 초대받은 여자 보부아르 · 강초롱 옮김
436·437 미들마치 엘리엇 · 이미애 옮김
438 이반 일리치의 죽음 톨스토이 · 김연경 옮김
439·440 캔터베리 이야기 제프리 초서 · 이동일, 이동춘 옮김

세계문학전집은 계속 간행됩니다.